诗与远方

山星 著

群言出版社
QUNYAN PRESS
·北京·

图书在版编目（CIP）数据

诗与远方 / 山星著. -- 北京：群言出版社，2017.7（2023.7重印）
ISBN 978-7-5193-0301-3

Ⅰ．①诗… Ⅱ．①山… Ⅲ．①回忆录－中国－当代 Ⅳ．①I251

中国版本图书馆CIP数据核字(2017)第169725号

责任编辑：侯莹　金朝
封面设计：胡金霞

出版发行：群言出版社
地　　址：北京市东城区东厂胡同北巷1号（100006）
网　　址：www.qypublish.com（官网书城）
电子信箱：qunyancbs@126.com
联系电话：010-65267783　65263836
经　　销：全国新华书店

印　　刷：三河市京兰印务有限公司
版　　次：2017年8月第1版　2023年7月第3次印刷
开　　本：710mm×1000mm　1/16
印　　张：15
字　　数：168千字
书　　号：ISBN 978-7-5193-0301-3
定　　价：52.80元

【版权所有，侵权必究】

如有印装质量问题，请与本社发行部联系调换，电话：010-65263836

序

　　岁月无情，大部分的记忆都被它带走了，但也总有一些关键的片段、美好的瞬间，特别是与少年、与青春相关的记忆，被藏入脑海深处，成为难以磨灭的美好回忆。它串联着我们的人生，折射着我们的心路，记录了我们的真情，体现了我们的品性。

　　本书就是一本打开记忆库房、晒出美好记忆的专集，是一本回忆遥远的故乡和他乡，回忆远去的年代和时光，回忆曾经的少年与青春，回忆逝去的梦想与激情的专集。故取名《诗与远方》。

　　山星者，我的笔名也。20岁在重庆看着群山簇拥着星空时想出来的。梦想自己要当一位从山里面走出来的星级人物，像山城上空冉冉升起的星星，闪闪发光。我曾用这个笔名发表过几篇文学评论和短篇小说，结果这颗星星还没来得及闪光就黯淡下去了，后来就一直没有再用过。现在老了，想再用一回，算是有始有终。

　　本集原想搞个大杂烩。管他是散文，是诗歌，还是议论文章，统统烩在一起，搞一盘大杂烩，以飨读者，书名就叫《山星烩粹》。东北有大烩菜，味道美得很。我这个想法就是从那里来的。原稿想写八个部分，后来想来想去，还是把"思想碎片"和"大块文章"两部分议论文章拿去了，只保留了诗歌和散文。全书共分五个部分：

第一部分叫天地四方，第二部分叫童年记趣，第三部分叫乡音品赏，第四部分叫亲友肖像，第五部分叫格律诗章。

五个部分用四个字就可以概括，那就是"山""水""人""情"，其中，"情"又是这四个字的核心，"万水千山总是情"嘛。因此，书名曾想叫《山·水·人·情》。我想以此书来表达我感恩的心情，感恩父母，感恩亲友，感恩在我人生的旅途上，一切曾经支持、关心、帮助、爱护、欣赏和敬重过我的人。如果山水有灵、草木有知，在感谢人的同时，也感谢我笔下的，特别是家乡的山山水水、一草一木。

本书记录的人，都是最平凡的人，本书记录的事，都是最平凡的事。有道是，平平凡凡才是真。本书最大的特点就是一个"真"字：真人物，真时间，真地点，真情感，真思想。没有粉饰，没有遮掩，没有杜撰，没有编造，一切都如实写来。所以，我的这本书的书名也曾想叫《野叟写真》，我就是那个"野叟"，一个身在城市、魂系乡野，身份易改、本性难移的平民老头。

记忆，是人生最大的精神财富；而回忆，则是老人最大的精神享受。作者愿把这些系列的"窖藏陈酿"取出来，与读者朋友共同分享。

"岑夫子，丹丘生，将进酒，杯莫停。"

目 录

一、天地四方

大连乘车记 …………………………………… 002
游青海湖归程奇遇 …………………………… 006
难忘丽江之行 ………………………………… 010
缅甸掸邦的舒城老乡 ………………………… 015
九寨沟看水 …………………………………… 018
魔鬼城里的商妇 ……………………………… 021
金丝峡随想 …………………………………… 024
漓江游船上的乌云和阳光 …………………… 028
皇帝赐名的地方 ……………………………… 031

二、童年记趣

河之恋（一） …………………………………… 038
河之恋（二） …………………………………… 043
山之恋（一） …………………………………… 049
山之恋（二） …………………………………… 054
山之恋（三） …………………………………… 062
听胡琴书 ………………………………………… 068
看　灯 …………………………………………… 072
看　戏 …………………………………………… 076
我们小时候的玩具 ……………………………… 080
盘中餐（一） …………………………………… 084
盘中餐（二） …………………………………… 088
过年（一） ……………………………………… 092
过年（二） ……………………………………… 097
过年（三） ……………………………………… 101
我最爱的小镇 …………………………………… 104
动物的爱情 ……………………………………… 109
动物的悲情 ……………………………………… 113
家有六畜 ………………………………………… 117
儿时的灯 ………………………………………… 122
童年的笔 ………………………………………… 126

三、乡音品赏

"伙家！" …………………………………… 132
"不干吃嘛些？" …………………………… 135
野马洋蛇 …………………………………… 138
"乖乖！" …………………………………… 142
"跟你没有一毫关系" ……………………… 145
一"跟"独占 ……………………………… 147
后面还有一小手 …………………………… 149
"照"还是"不照"？ ……………………… 151
"干汊河的圪爪虾" ………………………… 154
"杠"人与杠"人" ………………………… 156
给你煨个"朗木兹" ……………………… 160
阴平不是水平 ……………………………… 163
"各位女客请注意" ………………………… 165
鼻子不大给力 ……………………………… 167

四、亲友肖像

我的外公外婆 ……………………………… 172

我的父亲 ………………………………………… 177
我的母亲 ………………………………………… 183
我的大舅 ………………………………………… 191
我的兄弟姐妹 …………………………………… 195

五、格律诗章

七绝·井中金鱼 ………………………………… 202
梦江南·江城女 ………………………………… 203
梦江南·昨夜梦 ………………………………… 204
忆江南·野营拉练词（六首）………………… 205
七绝·惊梅 ……………………………………… 208
七绝·告别 ……………………………………… 209
七绝·登大雁塔即兴 …………………………… 210
七绝·骊山捉蒋亭叙怀 ………………………… 211
七绝·华清池怀古 ……………………………… 212
七律·北国秋收 ………………………………… 213
七绝·无题 ……………………………………… 214
七绝·胭脂 ……………………………………… 215
七绝·再到南京上学 …………………………… 216
卜算子·南京莫愁湖感怀 ……………………… 217
古风·草木有情 ………………………………… 219
五律·母鸡 ……………………………………… 220

五律·猪 ·· 221
五律·公鸡 ······································ 222
古绝·耕牛 ······································ 223
长律·读居里夫人有感 ···················· 224

一、天地四方

这一部分叫"天地四方",旅游笔记。算起来,我走的地方还真不算少,但大部分都是年轻时候去的,对当年感受的记忆现在都已经支离破碎了,收拾难再。现在也去了一些地方,感受却又没有那么强烈。在旅游已经大众化、商品化的今天,组团"赶集"式的限时旅游,是很难独特感受景点妙处的。所以,这一部分的写作计划大都放弃了。境由心生,心由境生,物我互见,方有上乘之作,专写景致而没有自己独特感觉的文章,在当今怕是没有多少读者了。当然,借景点而刻意铺陈,故作高深,读者也不一定买账。

大连乘车记

从沈阳到大连我们没有坐火车,而是被人忽悠上了长途公共汽车,说好了两个小时就能到,结果那个破车,走了四个小时,到了大连火车站广场前,已经六点多了,我儿子本来就有点晕车的毛病,被那辆破车给颠犯了,一下车就狂吐不止,把我给心疼得什么似的。心中直后悔,没有坚持等待坐沈大专列,结果把孩子弄成这样,真是太不划算了。

我一边给孩子擦嘴捶背,一边找着去夏河疗养院的车,可是前后左右没有一辆汽车经过。怪了,问了几个人都说去疗养院在这里等车,车呢?眼看太阳就要落山了。人家说疗养院距离这里还有十来公里山路哩。20多分钟了,难道已经收车了?真要是没有了车,还要在这车站附近住一晚,那可就太划不来了。那个急呀!不仅找不到车,站牌子也找不到,这里真是等车的地儿吗?别整岔了,橘红的太阳已经骑在山脊上了呀。

正在我心急如焚的时候，一辆小白色中巴车从远处开来了。我连忙招手。车子停了，一位50岁左右的大嫂将头伸出来问："你们要到哪里？"

"夏家河子，八一疗养院。"我迫不及待地回答。

"哎呀。"大嫂面带难色，"这么远的路，……"她稍稍松了一下离合器。我急了："您这不是去夏家河的车吗？"

"是去那里的呀，可我已经收车了呀。"

"您就再跑一趟吧。"

"就你俩？那不成专车了吗？"

"那可怎么办呢？"

"天也晚了……要不这样，你们多掏点钱，算我专门为你跑一趟。"

我稍微松了一口气。问："多少钱？"

"就20，不多要。"

我父子如释重负，上了她的车。车子开动了，真的就是我们父子俩的专车。

"先交钱吧，一人20。"

"不是一共20吗？"

"一共20，几十里路，回来还要放空车，油钱都不够。"她说，"要不是解放军同志您，给40我也不跑啊。"

我交了40块钱，她脸上露出了笑容，说："一看到解放军，我心里就热乎乎的。因为，解放军同志救过我，你知道吗？这件事我一辈子都忘不了。"

"是吗？"我淡淡地回应，有点不太想理他。

但她还是津津有味地说起了解放军救她的故事。她说有一年

一、天地四方

寒冬腊月里，她单车跑长途去山海关，车到半路抛锚，前不搭村后不靠店，荒郊野外，又是半夜，先后叫停了几辆车，都没人搭理，后来还是一辆军车停下来，一位解放军同志帮助她把车修好了，还给她加了十来升油，才连夜赶到秦皇岛。要不是解放军，她那天夜里不死也要脱层皮。她说得极为生动，有鼻子有眼有情感，不像是在编造。

说着说着，路边又见两个人招手。车停下了，一看还是两个十七八岁的小孩，像是一对情人。

"到哪里？"

"夏家河。"

大嫂征求我的意见："带不带？"

"你看着办。"

"那就带上吧。"

她让这一对青年上了车。

"多少钱？"

"一人20，不信，你问这位解放军叔叔。"

我才理解这位大嫂为何收了我的钱还说了那么动人的解放军救人的故事。

两位年轻人交了钱，就坐下来紧紧地抱在一起。我很不自在，我的儿子才10岁，不该让他看到这个。

车子行进途中，不断停车上人。看得出来，上车的大多数都是夏家河方向的农民，他们的身上都带有筐子口袋之类，像是从城里卖东西回家的。他们不急不忙，就像上自家车那么从容，大嫂也不声不响，就像是自个儿兄弟上车。到后来，车子挤得密密匝匝，连我儿子的座位都让出来了。他们买车票多少钱？一人五毛，每人五毛，一律五毛，统统五毛。

到了疗养院，车子停了，我和儿子从人堆里好不容易挣脱出来下了车，中巴继续前行。我目送中巴绝尘远去，心中十分感慨。

天，已经快黑了。

负责接待我的同志说："你怎么不打一个电话，让我们去接呀！"

游青海湖归程奇遇

　　游完青海湖的鸟岛，已是下午两点多了，晚上到西宁还有事呢，赶快往回赶吧。

　　其实，岛已经不存在了，甚至半岛都谈不上了，它完全和陆地连成一片了。鸟岛已经基本失去了传说中的观赏价值。成千上万的鸟蛋被遗失在所谓的岛上。要不是人类活动的漫无节制，湖水怎么会如此退却，还岛与陆？要不是人们观赏鸟岛的如潮踊跃，雁鸥们又怎能在孵卵时被惊起飞，以至再回来不识自己所产的卵而无法继续工作？想想它们不远万里来到鸟岛，满怀希望孵幼生息，没想到没有遇到天灾但却遇到人祸，绝望回飞不知还有没有精神动力？

　　倒是青海湖的水，太叫人难以忘怀了。那哪还能叫水？应该叫液才对，不，叫玉液才对！一般情况下，我们把水叫绿水，可青海湖的水是蓝色的。蓝得叫人恨不得跳下去，去和湟鱼结伴。

　　适逢公路扩修。归来行程不到10公里，正值路面铺设沥青，所有过往车辆只得单道行使。对于每天5000辆次的青藏线，突然遇到这样的瓶颈，塞车的情势就可想而之。两头都有望不到头的车辆在等待，没有办法，只好乖乖地等在别人的车子后面。

　　大约半个小时之后，前面的一辆日本三菱驶下了路面，从路下的草地飞驰而去。车身明显过度颠簸，但速度似乎不亚于在路面上行驶。这一下子给了我们启发，何不也下去顺着他的车辙一路驶去？没有讨论，没有迟疑，正好这里的路面和草地路差不大，我们的车就就着坡溜下去了。开始还好，虽然感到地面有些软，但车轮还在朝前滚动。没想到开出去不到200米，车子就陷到草地里了。我们只好下车找石头垫。虽说这里是青海湖畔，但草地上的石头却不好找。好不容易找来几块石头，但因体积小，都被车轮给压到泥浆里了。眼看没有希望，我们只好往车后面集中，准备一起推车。

　　正在这时，四位骑着高头大马的藏族汉子围住了我们。我们十分惊奇，怎么此前谁也没有发现？大概是所有的注意力都集中弄车去了，加上马蹄在松软的草地上没有声响的缘故。随着人马过来围着我们转，还有两条牧羊犬，个头高大，眼睛溜圆，呲着尖尖的牙齿，鲜红的舌头老长地颤动着，样子不像是藏獒，但起码也是藏獒的表亲。这四位藏族兄弟，我好像在哪里见过。他们手里拿着羊皮做的马鞭。一看这阵势，我们急忙说明我们的身份，解释我们任务的重要、时间的紧迫。我们中的好几个还亮出了国字号的工作证，可人家就是不听，非要让我们到他们大队部去。那地方谁敢去？最后，还是带队的科长从口袋里掏出两张盖有公章的证明，他们才同意放了我们，警告我们立即开回公路上去。

一路上我都在想，前面看到的那四位藏族兄弟，好像很面熟，可是这又怎么可能呢？突然，我的脑海里想起了在电视里看到的绿色和平组织成员的形象，对了，就是他们！就是他们在波涛汹涌的大海上，不顾生命危险，奋力阻止日本捕鲸船的形象！他们是值得尊敬的，四位藏族兄弟也是值得尊敬的。

啪！就在我遐想的时候，只听"当"的一声，驾驶室前面的车玻璃顿时粉碎，顺着一股强风，把玻璃碎粒打在我们每个人的身上，像有人朝车里面撒了一麻袋黄豆。车子嘎地一声停了下来。驾驶员一身一头全是碎玻璃，还好，因为戴着太阳镜，眼睛没有受伤。事故原因很简单，原来是对面驶来的一辆大货车轮胎所夹带的石子，正好飞出来迎面打在我们的车玻璃上。但事情毕竟有些蹊跷：为什么那石子早不飞晚不飞，偏偏飞在我们两车相遇之时？为什么那石子不高飞不低飞，偏偏飞在驾驶室的玻璃上？

天已经暗下来了，气温开始急剧下降。中午太阳很毒，穿衬衣还嫌热，现在穿羊毛衫背心都觉得凉飕飕的，再加上车前没有了挡风的玻璃，大伙都有点冷了。何况我们还坐在后面，驾驶员在最前面呢。我们的郭主任提议，叫我把夏常服脱下来给驾驶员穿上，她和另一个女同志让我坐在她们中间，她们把夏常服脱了反过来，即后襟朝前，前襟朝后，各自只穿空边的一只袖子，一人给我一只袖子让中间的我穿上，再把此衣扣扣在彼衣扣眼里，两女一男三个人共穿两件上衣，多亏她想得出，在人类穿衣史上增添了如此怪诞但却十分感人的一笔！

回到西宁，已是深夜十二点。带队的科长放下我们，又和驾驶员连夜去大修厂找熟人装玻璃换保险杠，说是要保证车在天亮前回库。

难忘丽江之行

盛夏酷暑,其热难当。适逢友人相邀,便去云南旅游。其中丽江之行,令人难忘。

那天上午10点到达丽江。一下飞机,导游小木即领我们直奔玉龙雪山。雪山尾自西南,头往东北,蜿蜿蜒蜒,形如蛟龙。桑塔纳在谷地公路沿山体奔驰,只见龙头越升越高,欲腾霄汉,顶峰银光闪亮,直可摩天。心想玉龙雪山,名不虚传。约1个小时,到了雪山脚下。排队等车上山的人太多,没有2个小时坐不上缆车。小木和维持秩序的警察泡了半天蘑菇,方才获准用小车直接送我们上山腰缆车站口。

缆车被钢绳带往空中。我们坐在车中,忽忽悠悠,宛如乘风。近看脚下,坡生巨树,岩挺虬松,枝韵翡翠,干老蟠龙。远看四周,林海起伏,群山下沉,白云片片,大地苍苍。时值盛夏,且烈日当空,但车中早已寒气袭人,刚才在山下还不想租赁的大衣,现在已老老实实地穿在了身上。

下了缆车，脚下已是4506米的海拔高度。空气已经显得稀薄，但山顶还在重重雾霭之中。拾级而上，已是一步三喘了。山道周围，白云飘忽；台阶左右，雾气弥漫。登罢三五百台阶，看左右冰川，重重叠叠，积玉堆琼，晶莹剔透，一尘不染。虽穿大衣，肤犹起粒。再往上攀登，越攀越险，越登越奇，犹如进了玉宇琼宫。尽管高山反应，头疼欲裂，仍不住抢占地形，咧嘴拍照。

不知人群中是谁喊了一句：下雪了！果然，眼前就有碎玉飘来。大伙儿这才感到问题严重：如此陡峭的台阶，积起雪来，那一脚踩滑，岂不坐了飞机？于是极不情愿准备下山。

未几，云开雾散，烈日当空。再回头往上看，只见阳光灿烂，蓝天如洗，雪峰耸立，冰川横卧，银骨玉肌，寒光夺目。人们定下脚来，痴呆呆只顾看，一时不知是在玉宇仙境，还是在风尘凡间。纷纷又重新攀登，抓紧拍照，恨不得把这仙境圣景装进照相机背回家去。

回来的路上，导游小木说，这里本是一片大海，这雪山是由地壳运动而来。当年他陪老外在山上考察，还亲眼见过鱼的化石。听来不觉感慨万千：沧海桑田，天公造化！

有好山必有好水，有好水方有好城。

丽江古城，四面环山，山山有泉。黑龙潭水深数丈，清澈见底，水底不时有水泡汩汩冒出，那就是丽江古城的水源。这水自潭中轰鸣泻出，在城西头被两个分水堤一分为三引入城区，蜿蜒穿行，常年不息，养育城区历代居民，给丽江古城注入无限生机。

古城的规模建筑，始于明洪武十五年，距今已有600多年历史。城区建筑，明朝风格，清一色木梁木柱，阴阳小瓦，两层小楼，

一、天地四方

双重房檐。楼楼相接,栉比鳞次,上面住人,下面开店。商店多为一间门脸大小,门面也没有刻意装潢。商品大都是当地特产:冬虫夏草、雪莲藏红、蜡染衣料、沙金首饰。店内的纳西姑娘温柔敦厚,热情大方,全然没有那重冷眉冷眼。

街道宽窄丈余,五彩石条铺设。这五彩石纯粹天然彩色石块,因火山喷发融为一体,经石匠开凿裁成条块。每一块上都是异彩纷呈,雨后尤其好看。街上不通任何车辆,绝无尾气噪声之苦,更无碰撞碾压之祸。

整个街道不通车,却处处通水。或街前是水,或街后是水,或两街夹水,或两水夹街。街依水而建,水沿街而流。居民家家有桥,户户临水。波光柳影,鲜花争艳,整个城区明丽清朗,神秘温馨,如梦如幻,令人沉醉。

更有奇者,三股水流,均能人工控制。平素,有分水堤调控,根据需要,可深可浅,可缓可急。关键时刻还可以使用闸门装置:哪一条流水脏了,或有了滞留物,关住另一股水的闸门,该股水流则变激变深,肮脏滞留顷刻可除;哪一处街道集市过后,关掉近处水道闸门,让它水漫金山,垃圾迅即被水冲刷干净;哪条街道要是有了火情,源头关口的两道水闸齐下,三股合为一股,男女老少齐上,盆桶瓢舀并用,要不了多少时间,保准烟飞火灭,化险为夷。

山是丽江的母亲,水是古城的生命。丽江古城的人民,世代繁衍生息,安居乐业,全靠这水的滋养,水的呵护。

有人说,丽江是东方的威尼斯,我不敢苟同。那威尼斯的水,有象山玉水的灵气和神韵吗?有黑龙潭水的鲜活和甘甜吗?

逛完古城,应邀来到导游小木家中作客。

小木家在古城边缘的住宅小区。黑漆大门，两株名树：右边一株丈二米兰，浓香扑鼻，左边一株同样高低的花椒，红豆满枝。进入大门，是一个小小的院子，院内树木葱茏，鲜花妍妍。小木说共有60多个花木品种，可惜天已擦黑，不及细赏。

小木的母亲和四姐在家做饭。本说是便饭，没想却是十菜一汤，小方桌上挤得满满当当，全都是当地特产，味道十分可口。尽管当时都有请教，可惜现在大都忘却，只记得有一盘叫松茸菌，还不知对不对？

陪我们吃饭的除了小木以外，还有他的母亲、四姐及四姐的女儿。早在车上，小木就告诉我们，他身上流淌着四个民族的血液：外祖母是白族，外祖父是藏族，祖母是彝族，祖父是纳西族。席间我看小木母亲，脸色黑红，颧骨发亮，果然有几分藏族人的模样，而小木的四姐，年不过30，风姿绰约，白白净净的脸上有枚秀挺的鼻梁，她的8岁女儿却怎么看怎么像汉族了。看着这祖孙三代人，我心中的感佩油然而生，纳西族，一个伟大的民族，伟大之处就在于她有一个博大的胸襟：容纳！容纳！再容纳！能纳百川方为海，能积细壤乃为山。丽江古城，明朝建筑，又地处边塞要地，但却不筑城墙。有人问之，木府解释：我族木姓，再要围个圈圈，不就困住了吗？说得多好！只有开放，才能生存；只有容纳，才能发展。借着小木自家炮制的梅子酒，我逐一向小木母亲、四姐和小木本人郑重地敬了三杯，且杯杯见底，先干为敬。

酒喝多了，话也就多了。话题总离不开纳西。小木见我们对纳西如此感兴趣，特意把他珍藏的一本《丽江府志略》签名送我。并说，欢迎你们明年再来，就住在我家楼上，三个月不收房钱！

小伙子是一个素质较高的年轻人，25岁，原在昆明一家出

版社工作，后因老父有病需要照护，主动辞职回到家乡，办起了旅游公司。一路上他都在讲东巴文化、丽江风情和个人发展计划。看得出他精明过人，雄心勃发。但愿小伙子心想事成，在古老的东巴文化和现代文明的双向撞击中，走出一片新的天地！

　　大师说，描述美丽的事物，最好不用美丽二字。然而于我，真恨不得连声大喊：呵，丽江，你真是太——那个什么了！

缅甸掸邦的舒城老乡

缅甸掸邦的那个特区和中国这边只隔一条小小的山沟，不过，这边是一座闹嚷嚷的城市，那边却是一片光秃秃的山丘。但这毕竟是我第一次走出国门，所以还是感觉蛮新鲜蛮激动的。

拐过了一两个弯，大约也就是两三公里的路程，旅游车在一个集镇样的地方停下来了。不知是什么景点？下车却被带到一家玉器商店里。一来在国内旅游都是这个模式，二来早就听说缅甸这边的玉是出名的，所以导游把我们带进这里，我们也没有说什么，当然也不能说什么。

店铺外观一般，里面场面还是蛮大的，50平方米左右的店铺，几十个单元柜台，围绕房子组成大小两圈。这么大规模的玉器专卖店，并不多见。店铺的里面是接待厅。接待厅和外面的门面一样大小，中央是长条形会议桌，一圈沙发茶几，地面摆满了鲜花盆景。一到这里，有一种宾至如归的感觉。特别是这里的人，和国内的人一样的普通话，一样的穿戴，一样的汉字，一样的人民币，连手机号码都是中国的，给人的感觉根本不像是在国外。

一下车，有人就把我们让到店内的接待厅，热情地为我们倒茶递水。负责招呼我们的是一位30岁左右的青年男性，穿着类似保安服一样的蓝色制服，怀里夹着一个公文包，胸前还挂有缅甸掸邦公务员的徽章。典型的中国南方人体格，眉清目秀，精明干练，一口南方人的普通话。

"先生，您是哪里人？"他主动找我问话。"我是安徽的。"他又问："安徽什么地方？""舒城的。"我回答。他微笑地说："我老家也是舒城的。"我一听说他也是舒城的，远比他听说我是舒城的要激动得多，脱口又问了一声："你是舒城哪里的？""我是孔集的。"

天哪！孔集！那是1968年春季我师范三年级毕业实习的小学所在地！那里凤尾森森，龙吟细细，小学校在翠竹掩映之中，那里是我人生第一次讲课的地方。一切美好的记忆一下子被钩了出来。真是太巧了！我的心情好激动，简直无法掩饰！

我问："你回去过吗？"青年人说："小时候随爷爷回去过一次。"我还想和他攀谈，他却把面转向大家，说："欢迎祖国的客人来到这里。大家都是有品位的人，关于玉的价值以及佩玉与健康的关系，就不必多说了。我只想提醒大家辨别真玉假玉的方法，免得你们购买时上当受骗。"

在他的"一看二掂三摸"的系列解说中，我的战友终于决定买一只手镯，"就是你手中的那一只，多少钱？""问问导购小姐。"青年回答。导购小姐道："标价是九百八。"战友问："能优惠多少？"青年干脆地回答："看是老乡的份上，五百八卖给你！"导购小姐面有难色，说："老板不在，我不敢做主。"青年提高音调道："我做主还不行吗？"

结果，我们买了一只。

事后青年解释说，这个店本来是他开的，因为当上了当地的官员，不让经商，就盘给现在的老板了。这话听起来真不像是在说假话。

九寨沟看水

到九寨沟看什么？主要是看她的水。去之前我只听人家说过，去之后才有了切实的感受。真的，九寨的水是天下最美的。

我的心灵受到水的洗礼和震撼，在去九寨沟之前就有过两次。一次是在青海湖。回来我和学生讲，我恨不得从鸟岛的悬崖上跳下去，永远不再上来。一次是在丽江青龙潭，我平生第一次萌生要在外面落户的念头就在丽江。但看了九寨的水，我却觉得做鬼做人都不足以与她为伴，只有使自己变成一个仙，才能有权利和她相厮守。

人们往往把水说成是绿色的，所谓青山绿水。九寨沟的水不是绿色的，而是碧蓝碧蓝的。"春来江水绿如蓝"，白居易的一首《江南好》，年轻时读，对这个"蓝"弄得不太明白。说"蓝"是一种植物，靛青色，比绿还绿云云，一会儿是绿，一会儿是蓝，一会儿又冒出来个青来，读不明白。到了九寨沟，这才明白，白老仙翁的意思，分明是一种绿的极致，是一种诗人的抽象，非要弄出一个什么蓼蓝、藻蓝的具象来，反倒曲解了。九寨沟的水就是一种绿到极致的抽象，晶莹澄澈，一尘不染。要说纯净水，这里的水是最有资格担当的了。明明是水，看上去却有醇酒的感觉，看久了，似乎真有一股香味袭来；看着闻着，就有了三分的醉意，就有些恋上了，每离开一个海子时，脚都有点懒懒的。

水清来自于源净。九寨沟的水源在雪山上，雪山海拔4000米以上，高于凡土；距离都市500里开外，远离红尘。天是净的，云是净的，下下来的雨雪自然是净的；岩是净的，土是净的，从中渗透的水自然是净的。本就纤尘不染的净水，又经过千年雪山之酿，百重熔岩之滤，能有不纯之质？能有不净之理？

九寨沟的水不仅至纯至净，而且形态富于变化，一百多个海子，有大有小，大如水库，小如池塘；形态各异，或如葫芦，或如琵琶；深浅悬殊，浅不过七八尺，深则达数十米；远近不一，或隔山隔洼，或近在咫尺。九寨沟的水绝不仅仅都是海子，除海子之外，还有泉有瀑，有溪有河，它们和海子动静相间，刚柔相济，共同构成九寨沟的水象奇观。特别是她的瀑布，或大或小，或急或缓，或宽或窄，或巨或细，千般仪态，万般气象。仅大型瀑布就有十七个！九寨沟的瀑布不像别的地方，大都挂在十分显眼的高处，那么张扬；他们是随意挂上去的，甚至有意识要挂在峡谷处，挂在树丛里，好像都商量好了，要把风光让给海子们。海子是九寨沟的姑娘，柔媚而恬静，而瀑布则是九寨沟的小子，调皮而奔放。

鱼乃水之魂。再好的水，如果没有鱼，也就不值得看了。有道是，水不在深，有龙则灵。龙是鱼变的。九寨沟的海子里都生长着鱼，而且是地地道道的野生鱼，叫高原裸鲤，属高山冷水鱼，是九寨沟特有的品种。从环境分析，它们的生存应该是异常艰难的，由于水的过于纯净和气候的常年低温，它们的食物异常贫乏。因为吃的困难，它们的穿戴就更不能讲究，甚至连鳞都不敢长。因为营养的问题，它们的生长极慢，水中的鱼不过一拃长，瘦瘦的，灰灰的，不彰显，不妖娆，更不做作，不娇媚。但它们成群结队，十分团结，且游姿轻盈，坦荡悠闲，无拘无束，无恃无恐。它们的活动是透明的，它们游在水里，更像游在空中，游在树木葱葱之中，游在白云袅袅之中，没有阻碍，没有依托。正如《小石潭记》所说："皆若空游无所依。"尽管它们的生活清贫，但仍拒绝别人施舍。每个海子边上都写有醒目警示牌："请不要喂我，早在你们人类还没出现的二百万年以前，我们就生活在这里了。"这是我迄今见到的最有水准的环保警示语，叫人惭愧，令人收敛。只是记不确切了，大意如此，特别是数字，我更是记不起了，又无从查对。后来还是研究九寨沟地理，才得知九寨沟的山水形成于第四纪古冰川时期，距今就是大约二百万年的时间跨度，我才采用了这个数字。那个时候，九寨沟哪来的人类呢？

九寨沟的人为什么要把这里的积水叫海子？我问过导游，她解释说这是藏族人民向往大海的缘故。看旅游书，书上说海子是海之子的意思。说法不同，但意思是一致的。这里的海子，也是造山运动之中，大海母亲的仓促撤退，没来得及带走的子女。虽然他们已安家在这个喜马拉雅的末端，但永远都还是海的儿子。九寨沟的水一直流向大海，永远倾诉着他们对大海母亲的思念，寄托着九寨沟人对浩瀚大海的向往。

魔鬼城里的商妇

从玉门关再往西北,行90公里,就进入了甘肃和新疆交界的魔鬼城。从地质的角度讲,那叫雅丹地貌,据说是狂风和洪水对湖相沉积地层长期剥蚀的结果。整个魔鬼城东西长约25公里,南北宽约2公里。是近些年才开发的一个旅游景点。

本来,进入魔鬼城是要换乘该景点专用车辆的,但时值盛夏日中,天气酷热,且狂风肆虐,除了门口卖票的之外,里面没有一个工作人员,我们的车就直接开进去了。

车行数里,就有零星的土墩突兀在公路两侧的不远处。或像草棚,或像麦垛,大概应该是魔鬼城的郊区了。

再走数里,魔鬼城渐入眼帘。如果不是事先听人介绍,你不可能想到这是纯粹的大自然的造化。好一座城池,本来就是人工的杰作:有宫殿巍峨,有庙宇轩昂,有街道纵横,有马路通达。规模宏大,布局整齐,在阳光的强烈照射下,氤氤氲氲,赫赫煌

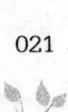

煌，与其说是鬼城，还不如说是神殿。

再往前走，或又是一番景象，那高大的尖顶土墩，整齐排列，犹如万千战舰，乘风破浪，气势磅礴，排山倒海。

车子再往前开，我们已经进入了城市的核心。这里有一片开阔地，像是该城市的广场之一。车门一打开，带着哨声的狂风顿时扫来。风中裹带的石子，子弹似的朝脸上身上乱打，砸得我的眼镜框当当直响，打到脸上还真有几分疼痛。我身瘦弱，下得地来，被狂风吹打，几乎站立不稳，身上的衣服，被吹得鼓起气包，多亏衣服的纽扣结实，否则被剥去是不用商量的了。风既狂且热，就像是从钢炉里吹出来的。地面更热，感觉旅游鞋里面的脚丫子有点像废汽油桶里的烤地瓜。还好，这里再热也是"干热"，如果换成"溽热"的话，可能要不了多长时间，就要在魔鬼城报户口了。

司机兼导游要我们不要停留，四处看看，说好多著名景观都在这附近。什么孔雀、大象、骏马、骆驼、狮子、鲸鱼，好像这里是动物园似的。我正准备和同行者前去一一欣赏这些鬼斧神工时，突然，我看到了一个人，一个天地之间、神鬼之域的唯一的人，一个活生生的妇人！

这妇人约30来岁，中等个头，身体瘦削。头裹红蓝相间的方格纱巾，面庞紫黑，两只不大的眼睛热切切地盯着我们一行五人，和善而若有期待。在她的面前，有一张半新的钢丝床，床上摆满了大大小小各种形状的石头。天呐！原来她是一个做生意的妇人。

旅游景点，做生意的多如牛毛。杂乱密集的摊位，掺杂使假的商品，以及他们对旅游者的巧言令色，甚至围追堵截，成为当今旅游景点的新的景观。谁叫如今是市场经济呢？可是，在这样恶劣的气候条件下，居然也有人经商；滚滚商潮的泡沫，居然也喷溅到这个飞沙走石、寸草不生的荒漠深处，是我无论如何也没有想到的。

到跟前一看，她所卖的石头，在钢丝床上摆放的石头，没有生动的造型，没有艳丽的色彩，没有令人遐思的图案纹理，没有刺激人心的想象空间，没有厚朴，没有精巧，也没有玲珑，没有奇异，她卖的石头，就是最一般最平常的破碎青石。

面对这些石头，我没有动手去摆弄；面对我对她摊位的光顾，她也没有说话。我把目光从石头上挪开，再看一眼它们的主人，怜悯之心油然而生。或许，她早已从我的举止中看出了结论。她的目光开始由燃烧到冷却。我清楚地知道，她需要的是我的慷慨，而绝不是我的怜悯。

眯缝着眼睛，看完了几个景点，回来上车离开时，商妇仍然在那里坚守岗位，我不由得生起一股敬意来。但愿她的纯朴和执着，能帮她卖出一些石头。自古以来，有卖就有买，有买就有卖，不至于到她那里就成了单边行为。何况这里的地面还真没有石头，她卖的石头是从别处采集运输过来的，有人愿意买一块石头回去，也算得上是奇货可居了，至少抵得上一篇日志，可以不时地牵动着你的一丝回忆。也许，有深明大义者，有慈悲为怀者，通过买石向她表达善心，也未可知。

再见吧，风沙酷暑，以及风沙酷暑中的顽强灵魂！

再见吧，鬼城神殿，以及鬼城神殿里的石头商妇！

金丝峡随想

车刚近金丝峡地界，就有"天下第一峡"的广告牌赫然耸立，很骄傲的样子，骄傲得使人不禁想起电视剧《亮剑》里的那个看守战利品的士兵。

下高速继续前行十余公里，停车购票，进门后顺着小溪步行以入。

这时的山还不是太大，挨得也不是太紧，小溪也就不太激，行走间发现偶有落差的，游人就惊呼瀑布，就要拍照留念。渐渐地，两山越来越大、越挨越近，溪水也就越来越激，先前还是石子路石条路，从从容容的，不知什么时候就换成木头栈道了。栈道紧贴溪边，全靠下面支架支撑，有时则连支架也没地方生根，干脆就在石岩两边打眼，直接架在溪上。人随道走，道随水伸，水随峡流，峡随山行。走在栈道上，胜似走在地板上，上有蓝天一线，下有溪流淙淙，两边悬崖峭壁，一派风清气爽，真有通向神仙府第的味道。

到这里,你才能领会古人造字的智慧来。何谓"峡"者?山之夹也。两山陡峭都有八九十度,站在峡中看天,觉得脖子发硬。山上虽然草木葱茏,但却盖不住怪石嶙峋。路边不时有警示语:小心碎石坠落。不看警示倒也罢了,一看反觉问题严重。你想啊,谁晓得上边什么时候掉下一块碎石来?你要时时小心地朝上看着,还走不走路?那碎石从千米之上坠下,等你发现了还躲得及吗?万一躲不及,按照物理学的冲量定律,给人的肉体穿眼不是如同子弹吗?所以,人家警示是好心,但你大可不必去理会,只管尽情地玩、忘我地玩就得了。

山里的节令晚,这里眼下正是李清照笔下的"绿肥红瘦"的季节,来此旅游的人很多,上上下下,形形色色。最小的才几个月大,一直被抱在怀里的,真是亲近自然,要从娃娃抓起。可怜天下父母心!路上不仅有人,还有狗,当然那得叫"爱犬",有的放它在道上走,有的也像小孩一样是抱在怀里的。

一路拾级而上,除了水库那一段有些陡峭之外,其余都是缓坡。虽说路比较好走,但我们毕竟都是五十多岁的人了,还是很累的。不知前面的路还有多远,加上此时已近四点,山里的太阳落得早,又一直处在很深的幽谷里,早有点傍晚的意思了。有人介绍说登顶需要四个小时,我们才登了不到三个小时,到顶怕是五点了,再回来时间来不及,所以就有点不想再上了,但既然来了,不登上顶峰,又有点于心不甘。

正在犹豫不定的时候,一个从山顶匆匆下来的好心人劝我们说,顶上就几户人家,其余什么也没有,你们把前面的瀑布看了就得了,再不要上了。看他那个仓皇急促、失望深重的样子,加

重了我们回头的决心，但同时也增加了我们的好奇心：果然如他所言？同样的景点，因为人们的性情、情趣、审美的不同，对游览的目的、意向、期待不同，其感觉是不一样的，何以见得就一定没有什么可看的？于是一咬牙，登临最后一个瀑布，再奔山顶。一路走来，大大小小的瀑布也有十来个，这算是较大的一个，正巧前一段下雨，瀑布十分厚壮，声音非常宏大，轰隆隆犹如万马奔腾。飘忽的水雾落在身上，凉飕飕的，十分快意。顺栈道登上这最后一挂瀑布，大约又走了十五分钟的路程，终于于下午四点整登上了山顶。

　　天突然豁亮，原来太阳还没有下山呢。比起峡谷，顶上的天地也开阔了很多。天还是不太大，但怎么的也是由"线天"变为"洞天"了。果然有了村庄，几座房子，错落有致，仿佛桃花源也似。摆摊点的村妇热情地招呼我们，听说话，与陕西已经了无关系，倒像有了几分湖北口音。他们的居地看似与世隔绝，但他们和外界的信息却是密切沟通的。看他们屋顶上白色的大锅你就知道了，且山南的公路已经修通了，可以通客车。因前一阵的大雨，公路出现了塌方，但摩托仍然可行。有几个小伙动员我们乘他们的摩托下山，被我们谢绝了。

　　山上正在修建，庞大建筑物的框架已经起来了，像一个什么厅或什么殿之类的建筑。等建好了，肯定会有一个带日、月、霞、云之类动听的名字。建筑物下面还有一个水泥做的带有造型的水池，等到将来蓄水，少不了边上要矗一个大石头，上刻"丹江源头"四个红漆大字。

　　也许，在有些人看来，这样就是"有东西""有看点"，甚至再摆一圈山货土产，搞一些娱乐设施、休闲去处，就更有看头。

不过，我倒以为，桃花源的原生态才是最好的东西、最大的看点，发展和规范一些农家乐，让客人白天在这里看看人间的山水，晚上在这里认认天上的星辰，那才叫回归自然，那才叫天上人间！在大峡谷里听裴多芬，在桃花源里蹦迪斯科，咖啡鸡腿，啤酒鸭脖，那不是糟蹋自然吗？

漓江游船上的乌云和阳光

旅游大巴把我们从社区送到码头，在导游的安排下，我们登上了去阳朔的游船。游船不大，共分两层：一层是餐桌雅座，游客可以点菜就餐，说食料就是江里的鱼虾，现捞现做，游客可以一边吃喝一边赏景。二层是一般旅客，密密的长条椅子，大家胡乱就座。

我们坐在二层，游船刚刚开动，我就急切地朝外面张望，生怕耽搁赏景的大好时光，一副精神饥渴的心态和嘴脸。由于没有坐在边排，况且人员走动不停，大呼小叫，一些人刚刚坐定，就又起身下楼订餐，乱哄哄的，眼前人影晃动，看来专心欣赏美景也不是一件很容易的事。幸亏船开动不久，顶层开放，我们就涌上了船顶。

登上船顶，眼界立时开阔，桂林山水，尽收眼底。最感新奇的就是桂林的山。我生在大别山区，长在大别山区，入伍后又几乎走遍中国，山实在是看过不少。在我的印象里，山都是依傍、重叠、群聚、连绵的，而这里的山，却互不相连，彼此独处。由于没有连接，每一座山似乎都是直立的，和地面大都呈七八十度角。这样的角度，不要说人，就是猴子怕也难以攀缘。由于基本没有人的染指，山上的植被，都呈原生状态，茂盛繁密、清秀自然。别处的山每每使人想起老人，而看这里的山不由得就要想起年轻小伙子，那么坚挺刚毅、富有个性。

要说桂林的山是一个"奇"字，那么桂林的水就是一个"柔"字。整条漓江，不像是自己从群山中挣脱出来的，倒像是被上天特意安顿摆放在这里似的。它蜿蜒的身躯就像一位少女的婀娜多姿，宁静的江面就像少女的贤淑温柔，粼粼的波光就像少女多情的眼神。

船顶陆续上来很多人。大家在几乎还没有好好欣赏山水的时候，就纷纷拿起手中的照相机开始拍照。就像一桌极好的饭菜还没有来得及品尝就开始打包一样，恨不得用照相机把这里美好的景色全部装带回家。随着年龄的增长，我已经越来越不愿照相了，但我还是能够理解这些到处拍照的人。看着他们的贪婪和专注，本身也是一种别样的享受。

任何美都有缺陷相伴随，缺陷是美的必要衬托，是美的前提条件，甚至就是美的组成部分。就连这美不胜收的桂林山水，竟也是因为山的岩石结构的某些缺陷造成的：一部分岩石质地坚硬如花岗石，不易被流水腐蚀，而另一部分岩石质地松软，如石灰岩，则容易被流水冲蚀、潜蚀造成塌陷，从而形成现在这样的壁立陡峭的、相互独立的奇特险峻。山的"不正常"，导致水的"不正常"：因为山的相互独立，流水没有重峦叠嶂的阻断和障碍，

所以也就没有瀑布、回环、激流和险滩，漓江的水才有现在这样的宁静柔媚。

　　游船顺江而下，景色越来越好。立在船顶，凭栏望去，不尽的奇峰倒影，绿水轻舟，让人沉迷，令人陶醉。特别是两岸的农舍山庄，田园稻禾，更能勾起乡愁，催人还乡。不时映入眼帘的竹林，色彩葱茏，身影娇媚，令人不由得想起《红楼梦》中描写竹子的妙句：凤尾森森，龙吟细细。两岸犹如轻纱的薄雾氤氲，加上江面上的烟波浩渺，这一切因素交织在一起，使得眼前的景象，如诗如画，如梦如幻。身在此处，不是神仙也胜似神仙了。

　　照相的人还在继续。照吧，照吧！毕竟船行水流，时间有限，用照相机照下此处美景，留住此刻神迷，谁都有权当他一回过路的神仙，留下一片美好的记忆！

　　漓江是美的，来游漓江的人是美的。美丽的漓江拥抱所有来朝拜她的人，所有来朝拜漓江的人也都显示了他们自身的美丽。

皇帝赐名的地方

小时候不太安分,老想到外面走走。那时耳闻有限,外面"外"得并不遥远,只是本公社周围而已。晓天就是一处。因为村里人和那边有亲戚来往,这边不时有人到那边采挖山果药材,从他们嘴里听说一些那边的趣闻轶事,所以感觉那里有着一种神秘感。特别是那个晓天的名字,老使我对那里产生某种想象,越发想去一看究竟,苦于没有机会。这一回,老同学詹昌炳、程兴民专程陪我前行,昌炳的宝贝女儿秀芝开车。60年的夙愿终于可以实现,我的心情十分激动。

小车沿山七路向西进发,在河棚境内路过几个村庄,就开始爬山。盘山公路是当年三线建设时修的,当年是土路,现在都浇上水泥了。不到半个小时,车就盘上山顶。这里是河棚与晓天两镇的分界线。

山脊往下二十米处,立有一人多高重数十吨的界石。界石是河棚镇立的。可能是那个地方位置适宜，便于作业，就把界碑竖那里了。碑明显立过了界，晓天人不干了，闹着要把碑挪出去。为了化解矛盾，晓天的镇长还特意来过。镇长站在分水岭上举目四顾，看群山如黛，直达天际，蓝天白云，广阔无垠，万佛湖水，一碧万顷，心中若有所悟。用手摸摸界石上"河棚"两个大红阴刻，对随行说，公共汽车里面不是有站名预告吗，还没到站名字就早早打出来了。这个碑就是个温馨提示，告诉行人，山那边就是河棚嘛。

　　山峦起伏，犹如万顷波涛。车行其间，上上下下，好似一叶小舟。时值盛夏，植物生命正处极致。坐在车里，看窗外青山，满眼全是绿色，无论是岭上还是沟壑，无论是阳面还是阴面，无论是陡坡还是悬崖，统统为绿色覆盖，没有一点缝隙。粗一看，一片原始森林的感觉。同学告诉我，这都是退耕还林的结果。晓天和我们河棚一样，山高坡陡，人多地少。公社化的日子里，为了解决吃粮困难，到处开荒。现在好了，青年人都出去打工了，门口好好的田地都没有人种，山地都栽上了板栗油茶，过去的疮疤都痊愈了，过去的荒地都绿化了。

　　晓天这片山河，曾经参与决定了一个姓朱的历史人物的命运。传说，朱元璋起义之初，曾在这一带遭官兵围剿，因寡不敌众，满山乱钻，千辛万苦，九死一生，终于甩掉敌人，深夜逃遁至此。天亮一看，群山合抱之中，竟然有偌大一个田畈，大河奔流其间，真可谓别有洞天，朱元璋不禁感叹："小天也！"从此，"小天"成了这方土地的地名。后朱元璋在南京登基，小天人前去朝贺，朱元璋热情接待，并从谋士建议，改"小天"为"晓天"。这个故事是我舒城师范的同学汪华说的，他说这个故事时不无自豪，好像他是老区人民似的。他是不是老区人民并不重要，但晓天这块根据地对于朱元璋的命运绝对重要。这个故事的另一个版本是，传说朱元璋母子都曾经在这里要过饭，这里的高人一次在大河滩观察朱元璋的睡相，四肢舒展，面容坦荡，似有红光四射，像有祥云笼罩，晓得这个穷要饭的将来要当天子。后来，朱元璋果然当上了皇帝，他亲口将这个地方赐名"晓天"。

小车继续前行。接连有几个小村庄展现在公路两侧不远的山坡上。清一色的小二层，红色琉璃瓦屋顶，白瓷砖墙面，断桥铝大玻璃窗户，不锈钢凉台护栏，反射着太阳的光芒，在青山绿水映托之下，简直别墅一般。我小时候，家乡大部分都还是茅草房，20世纪70年代，人们开始翻盖瓦房。盖房的主要材料是木料。因为晓天区的大山深处树多，于是就成了四周人买树贩树的首选地，当地政府组织民兵日夜保护山林，贩树人与民兵之间常有打斗，甚至出过人命。没有想到，现在盖房的主要材料是钢筋水泥，木料基本无用，所有山上的树才又大了起来，粗了起来，密了起来。

山的高处是松树、杉树和柞木，还有大片的竹林，黑黑森森。山腰处主要是板栗和油茶，枝头都满满地挂着稚嫩的果实，说句拟人的话，它们都正在孕期。大量的夏蝉拼命地叫着，爱情进行曲响彻山林。天空不时有鸟儿飞翔，或疾或舒。老同学说，现在山上的野生动物也多了，特别是野猪、野兔到处都是，松鼠和野鸡也十分活跃。我们在下车方便时就听到了野鸡的叫声，野鸡的声带像是罩在气管顶部的一片破麻布，叫起来音素单调，音色粗哑，一声之后，再不言语，大约是一只被我们行动惊扰的正在孵雏的母鸡。

景在眼中，爽在心中，车在山中，人在梦中。半醉半醒之际，不禁想起王籍的著名诗句："蝉噪林逾静，鸟鸣山更幽。此地动归念，长年悲倦游。"一辈子都在大都市辗转打拼，不尽的酸甜苦辣，不尽的喧嚣尘埃，人之将老，如果能归去来兮，在这里结庐青山，岂不善哉！小时候一心向往外面的世界，老了又在做落叶归根的美梦，大多游子人生的心理周期律，能破解的又有几个？

　　远处出现了河道，心想晓天快到了，谁知不是。车从山上下来，走了一段平地，大山又扑面迎来。心想又要上山了，没想，转过这个山嘴，眼前突然一亮：一片开阔盆地，镶嵌在群山峻岭之中，远远看见一座古镇坐落在平地一隅，一条河流像玉带一样从身旁流过。这就是晓天镇，果然，名副其实，一幅与世隔绝、世外桃源的景象。

　　和其他乡镇一样，改革开放以来，都迎来了一个大扩建大发展的黄金时期。晓天镇也新建了好多新房。万幸的是，新街扩建，老街道依然得以保存。我们在开阔处停了车，就近买了一个西瓜分开吃了，就去打听老街道。

　　据说老街镇始建于元朝，成建于明清，算起来距今已有600多年历史。由于晓天地处大别山深处，特产丰富，又与潜山、岳西、霍山、六安等县毗邻，这里曾经工贸繁华，商贾云集。民国时期，小镇上手工作坊、商铺货栈最多时达60多家。大宗木竹杉树、茶油桐油、中草药材、山漆、茶叶、板栗、丝绸、油伞、蒲扇等，经晓天河竹排水运，销至三河、巢湖、芜湖、南京甚至上海等地。

　　在当地人的指点下，我们找到老街。老街一里多长，丈把来宽。鹅卵石地面。临街两侧还都是老房子，木门、木窗、木楼，石阶、青砖、小瓦，典型的徽派建筑、江南风格。虽然斑驳破旧，毕竟古韵犹存，给我十分的亲切感，和我小时候常去的河棚、庐镇有好多相似之处，勾起了我的一片童心。然而，整个一条街除街口处有几家小商店、中间几家理发店以外，大都是住户人家，给人的印象十分冷清。走着走着，心中不禁酸楚。可惜当年的繁华，硬是被生生给折腾败了，折腾光了。幸亏如今的建设者们手下留情还留下了这个古建筑群，但整条老街被挤压在大它数倍的新建筑之间，也只是类似化石，供后人瞻仰凭吊，繁华早已不在，气象早已不在，生气早已不在，灵魂早已不在了。

　　因为刚才吃了西瓜，弄得手上黏糊糊的，餐巾纸不好使，就想找个地方洗洗，结果半道上还真在一个院子里看到了水龙头。我们就进去说明了意图，一位和我们差不多年龄的饱经沧桑的老人看了一下我们，在喉管里说出两个字："着嘛。"转身进屋给我们拿出钥匙打开了水龙头，在我们洗手的时候，他又进屋给我们拿来了肥皂，接着又转身进屋给我们拿来了毛巾。我们一次一次地向他表示感谢。我心有感触：这样的民风如今已经难能可贵了。正在感叹之际，兴民同学说了一句："这是我们的将军在'微服私访'呵。"老人听了，也只是在喉管里说了两个字："欢迎。"面部却没有丝毫震惊，甚至看都没有看我一下。这里是周瑜钓过鱼、恋过爱的地方，是朱元璋要过饭、打过仗的地方，是新四军四支队办过干部培训班的地方。要说这里缺别的还差不多，就是不缺将军的足迹和身影。其实，老人家没看我是对的，因为我根本就不是什么将军，是我的同学开玩笑而已。

　　因为还要赶到九井和张母桥，在晓天没有多留，也没有去买

县城同学推荐的当地名产蒲扇就走了,老远我还在恋恋不舍地回头看着。但愿这个大山深处的历史名镇、相传的御赐名镇、曾经的商贸名镇、如今的生态名镇,在新时代、新国策、新科技、新观念的今天,实现再度繁华。

二、童年记趣

这一部分叫童年记趣，专记儿时的一些生活、学习、玩耍、娱乐的故事。人的一生，要说最快乐欢愉的、最值得珍视的还是儿时。对儿时发生的事情，及其赖以存在和发生的环境，我印象深刻，记忆犹新。对于家乡的一草一木，我都感恩戴德，对于故土的一山一水，我都魂牵梦绕。这些事是我记忆仓库里的镇库之宝，价值连城。一想起来，我就乡愁隐隐，思绪难平。

河之恋（一）

  我家门前的小河名叫石滩河，是从滴埠山上流下来的。途中又有几道山溪加入，到我家门口已俨然成河。河水宽处不过数米，窄处则可以一步跨越。河水常年不停地流淌着，默默地滋养着两岸六七个自然村落的居民，最终流入大河，全长约五公里。

  我对石滩河印象最深的是河里的生灵。而对生灵印象最好的就是参条子。参条子体型修长，一般长有十来厘米，宽则不到一厘米，十分苗条，通身长有细密白鳞，游在水中，轻盈潇洒。参条子喜欢在水里结队游泳，那是最好看的时候，如同一群仙女舞动白练。

  水中的鱼类不仅只是参条子，石头底下，还有一种叫麻佬的鱼，头大尾小，色彩灰麻，有鳍无鳞，体型通常只有五六厘米。大概是因为其貌不扬，就很少在水面游动，大多时间是藏在石头底下，伸手摸到肉鼓鼓的一准就是它。不过，石头底下不敢随便去摸，因为里面也藏有螃蟹或水蛇。水中沙子集中的地方，是泥鳅生活的地方。泥鳅喜欢钻沙子。水里最多的还是虾米，体长不过两厘米，大都生活在靠岸边的浅水区，那里有丰盛水草，是它们取食的地方。岸边的石坝里，间或有鳖的存在，小时候老见有外地人拿着鳖叉子在石缝里叉鳖。我们本地人对小河里的生灵一般不轻易捕食。即便在小河的沙子里偶然发现乌龟，也都予以放生。大概是因为母亲河的缘故吧，它们生活在水里，我们生活在岸边，大家都是乡党邻居，下不去那个狠手。

除了鱼虾，水中还有各种生物，最不能不提的是水拨虫。一种黑背白肚的水面生灵。细长的葵花籽状。它有两对比头发丝还要细的大长腿，可以在水面上驻足、滑动或跳跃，其滑行速度绝不亚于飞翔。另一对足粗而短，在触角下方，靠近嘴部，似乎已经变成摄取食物的爪子。最不可思议的是，当遇到追击无可逃脱时，它居然在跳起的瞬间，猛地一个翻身，亮出洁白的肚皮，向深水里斜插而去，在你面前逃之夭夭。

小时候经常在河里玩，特别是夏天。主要的就是和这些生灵过不去，追赶它们，抓捕它们，尽情地展现着人的天性。小河玩遍了，还不尽兴，还要往更小的河沟里去。最神秘的河沟是外婆家门前的小河沟。它离村庄最近。人们为了防止山洪暴发冲击村庄和田地，用土石从山口垒砌两道相距不到一米的人工渠埂，一直护送它到达大河。山洪的次数很少，平时就只有小股水流流淌。埂子上灌木覆盖，河沟里阳光稀疏，夏日钻进去异常凉爽。这里大人从来不进，要进也得猫着腰才能进来，它便成了孩子们的天堂。小水沟里照样有麻佬、泥鳅等，最多的是石头底下的螃蟹。成年螃蟹有我们的小手掌心大小，抓它们非要小心翼翼才行，不

二、童年记趣

039

然被会被它那个大钳子夹住，甩都甩不开的。有一次我抓住一只肥厚的螃蟹，掀开它的肚兜一看，里面竟有上百只如婴儿小指甲盖般的小螃蟹。浑身透明的小螃蟹受到骚扰，在母亲的怀抱里胡闯乱爬，这场面也把我吓坏了，忙将它扔到水中。有时候也发现螃蟹肚皮里寄生着数十条蚂蟥幼虫，更是吓得要死。

王家上拐的小溪也是我们经常光顾的地方之一，但不敢过于深入。这个小溪直通要儿寨。要儿寨是王家屋后最高的山。山顶过去是土匪扎营的地方，土匪每每下山绑架富裕人家的男孩上山，向其家长索要钱物，所以叫要儿寨。小溪的源头就来自那里。平时的流水都是在灌木掩盖之中从崖口滑落而下，若隐若现，老家人把这地方叫"老牛撒尿"。一到暴雨之后，温柔的溪流变成咆哮的激流，从崖口喷出老远，再倾泻而下，直线悬空数十丈，直跌谷底，发出震耳欲聋的声响。十里以外都能清楚看到它的美妙壮观。李白的"飞流直下三千尺"，在这里就一点夸张的成分也没有了。

岸边的古庙也是我们玩耍的好地方。一条不到五公里长的小河，岸边居然建了六座庙。差不多一个自然村一座。庙的规格基本相同：高不过普通农舍，庙内大约三四平方的面积，砖墙瓦顶，上下两层。下层正中一个高台，上面坐着神像。神像是木雕的，官帽官袍，五官逼真，有的胡子眉毛是画上去的，有的则是用苎麻丝粘上去的，看上去甚是威严。六个庙的名称不一样，供的神像身份和职能也不一样，一个是管山的，三个是管水的，两个是管土地的。管土地的庙叫土地庙，也叫社工庙。老屋下拐的庙里除了木雕水神之外，还有两头泥塑的水牛。我们经常钻进这座庙里躲猫猫，有时还爬到神像上层的阁楼里，弄得灰头土脸。在河坎村大埂子的河神庙里,我们还偷偷掀开过神像的后背,把神像肚里象征血管神经的红丝线盘出来再放进去。

  石滩河是我们詹冲村的母亲河。洗涮日用、牲畜饮水、农田灌溉,全都靠它。每天早晨,是河滩最热闹的时候。妇女们都挎着竹篮,到河里洗衣服。大家在一起,一边揉搓着衣服,一边说说笑笑,场面堪称热烈。妇女的说笑声和棒槌的敲打声,每每在山谷里发出回声。

  灌溉是河水最大的功能。小河沿途两边,全是祖先留下的梯田。梯田全部都要靠河水灌溉。河水不是直接流入水田的,而是通过人工堰渠将河水引入梯田的。有的是从梯田上游直接开挖渠道,有的则要在河里筑坝人为抬高河床,再开渠引水。山里的梯田大都依靠堰坝进行自流灌溉。如果是风调雨顺之年,庄稼就能丰收;如果遇到干旱之年,小河断流,庄稼也就减产甚至绝收。大旱小旱,总是隔三岔五地出现,所以抗旱就成为山区人民的必修课。抗旱工具有脚踏水车、手摇水车,那都是大人干的活,我们小孩则可以用戽斗在河边向田里戽水。戽斗就是将一只小木桶两边的耳朵拴上绳子,两个小孩从两边引绳,松绳将水从河里舀起来,拉绳将水悠起来,桶在半空中倾斜将水倒入田中。一开始觉得挺好玩,干一会就累得不行了。不行也得行。有时候这样的活一干就是十天半月,胳膊都悠肿了。

  有时老天开恩,突然间,暴风雨就来了。在人们的欢呼声中,洪水也咆哮而来。久旱断流的小河突然间飞涨起来。人们知道这个水意味着什么,一滴水就是一粒米,一碗水就是一碗饭!纷纷搬起家里的方桌、卸下家里的门板,扛到有堰沟渠口的河里,拦住洪水将它支向水渠,让水渠有更大的流速流量,旱田能得到更多的灌溉。这是需要胆量和勇气的。因为山洪十分湍急，随时都有被冲倒冲走的危险。但是他们顾不得了，这时候村里所有的人都是不怕死的勇士！有时男人们在远地干活，村子里的妇女小孩遇到这种情况，也都自觉地行动起来，桌子一个人搬不动就两个人抬，大门卸不下就卸房门。毫不犹豫地冲向河边，冲下水去。我也有幸经历了一回这样的行动。看到那种感人的场面，那种壮烈的行为，什么叫"龙口夺粮"就不要再做任何解释了。

　　河岸两边由于近水的缘故，野生植物长得比别的地方都要好一些。特别是一到春天，岸边的野菜疯长，什么野芹菜、马兰头、蒿子、苦荬之类。正常年景，没有多少人去理会它们，但一到饥荒年景，河岸就是乡民的第二粮仓。

　　不论是丰年歉年，都是小河养育了我们。不论是酸甜苦辣，我童年都是在它身边长大的。

　　石滩河，我嫡亲的母亲河，衷心祝愿你万古长流！

河之恋（二）

我们的小河最终流入大河。小河叫石滩河，大河却没有名字。大河从洪庙的山里一路走来，最终流入龙河口水库，途径五个乡，到乌沙镇的一段叫乌沙河，到新开镇的一段叫心开河，再往上就没有了名字。家乡有一个传说，说古代在龙河口有一条龙，经常兴风作浪祸害乡里，被一位少年英雄毒箭所伤，一路向上游逃遁。到了岸边，落了一地龙鳞，沙地变乌，所以此地叫乌沙街；再往上内脏腐化，连心也烂了，此地就叫心开岭；再往上躯体腐化，露出骨骼，所以此地叫龙骨冲；再往上就是整个龙体化为灰土，此地叫化龙尖，就是我们村也是河棚镇附近的最高山峰。既然大河在乌沙街的一段叫乌沙河，在心开岭段就可以叫心开河，而在河棚镇的这一段就应该叫化龙河。

大河在河棚镇的这一段，分别有六条小河加入，形成一个篆体的"非"字。所以河滩较大，面积约十平方公里。在不发洪水的正常情况下，河水宽不过二十米。河滩内白砺砺的鹅卵石之中，自然生成各种草木，其中胖柳最多。大概是为了生存的需要，胖柳都没有独立生成树干，而是一簇簇的细柳条。柳条割下来直接就可以编筐。由于河滩空旷，草木茂盛，就成了鸟儿的世界。各种鸟儿在这里自由飞翔，尽情歌唱。最有意思的一种鸟，名曰叫天子，颜色、大小跟麻雀差不多。在河滩里，唯有它们最为活跃，鸣叫不绝。它们经常举行飞行表演：先是展翅盘旋钻天，高到你几乎看不见，然后旋在高空一动不动，接着又收翅直线急速下落，直达地面。多少回我们都以为是它们是摔死了，可是到跟前却并没有找到尸体。它们是鸟类，它们举办这样高风险的表演赛，不知是不是像兽类一样，为了王位或是为了交配？不得而知。

二十世纪中期，先是开垦河滩，将上面的石头拣去，并挑入细土，使其成为可耕旱地。此项活动我的父兄都有参加，我去送过几次饭，目睹了那种全公社集体劳动的壮观场面。上中学后我还在学校墙报上发表百行诗歌歌颂过这种开荒行为。后来地开出来了，又在上面进行科学实验：先是引进试种小粟，后来培育水稻旱秧。可惜都以失败告终。稻种发芽后由于缺少水分，一片片都长成金黄色的头发，看了令人心疼。

由于河床过大，没有水时几为干河，洪水来时又是一片泽国，所以其间就没有固定的路，更没有固定的桥，一切都是临时性的。河滩的路是临时性的：本没有路，走的人多了，乱石中便有了路，大水一来，原先的路又没有了痕迹，大体照原先走向，人们又重新踏出一条路来。深秋过后，人们开始在河上搭一座木桥，春天一涨水，桥就被淹了。再好的桥，夏天一场洪水，就被冲得无影无踪。时间长了，就很少搭桥了。春夏秋过河就直接蹚水，冬天枯水期，就捡上十余块大一点的石头做成石步，人们过河就从石步上踩过。过石步可是一门技术，不要说那些石头是活动的，就是十分稳固的，平衡也是难以掌握的，而长期与之打交道的乡亲从上面走过，却如履平地，不但徒手可过，就是挑着一百多斤的担子也照过不误。本事是练出来的，本事更是逼出来的。

乡下人上街的次数是有限的，但我们作为学生，上学期间每天都要走一个来回，河水就是一个绕不过去的关卡，特别是洪水到来，过河就是一个危险的事情。每到这个时候，我们这些半大的孩子就毫不犹豫地脱下裤子盘在脖子上，手拉手地往湍急的河流中走去。这个时刻的关键是要步步踩实踩稳。如果有一脚漂，整个人就有被淌倒的危险，那后果就不堪设想。

洪水淹死人，在我们家乡不算稀罕事。我们村就有一位妇女从街上加工（粉碎）猪饲料回来，挑着担子正走在河中央，洪水从上游压了过来。听到轰隆隆的洪水声，再看那白朗朗的浪头，本可以弃担而逃的她一时不知所措，进两步又退两步，到底还是在原地被洪水连箩筐一起卷走。好几个村子的人沿河找了十几里，才在下游的心开河边找到了她的遗体。去世时丈夫有病在床，子女尚小，全村的人都替他们可怜。

大河靠我们村的一边有一道两华里的河坝，近三米的高度，两米的宽度，内侧是一条一米多深的水渠。这道河坝是詹冲人的生命线：既是防止洪水冲毁良田的护堤，又是从上游引水灌溉庄稼的堰渠。还有一个用处，就是夏日夜间凉风的所在。由于坝子处在大河一侧，晚风比冲里要大得多。即便一点风都没有，河边也因河水而生有凉气。所以夏日晚上就有很多人到这里乘凉甚至过夜。在这里过夜舒服是舒服，但也有一定风险，主要就是洪水的袭击。有时候本地并没有雨，但突然间上游洪水翻滚而下，这是因为上游某地下了暴雨所致，我们把这种洪水叫"干大水"。夜里热，睡得晚，睡得沉，洪水之声有时被鼾声淹没而听不到，等水到跟前，再起身逃走就危险了。当然，这样的"干大水"多少年才可能遇到一次。

　　洪水的时间毕竟是短暂的，平时河水总是平静地流淌着，保持着它正常的水位和流速。虽然也有丰枯的变化，但主河道水流变化不是太大。河水清澈，渴时可以直接饮用。河底的石头沙子看得清清楚楚，水里的鱼虾也能看得清清楚楚。小河里"参条子"多，大河里则是"红翅"多。这种鱼的背鳍、胸鳍、腹鳍、尾鳍都是红色的，身上还有红蓝相间的条纹。这种色彩，每每激发我们抓鱼的热情。成人们有很多捕鱼的办法，如下网、垂钓等，我们小孩则直接在水里追鱼，武器就是两根细木棍。其基本方法则是，在发现鱼之后，用两根细木棍，不停地打在鱼逃跑路线的两侧，从下游往上游进行追赶。由于是逆流，鱼游得费劲，再加上有木棍威胁，十分害怕，一般跑上十来米，鱼就要躲进石缝里。这是我们扔下木棍，弯下腰，双手从石头两侧摸进去，肉嘟嘟的鱼就可以到手了。由于是慌不择石，不管适合不适合，鱼都要躲进去，所以一般容易抓到。特别是有的鱼顾头不顾屁股，只藏了半截，最是易捉。但有时石头较大，里面的缝隙较大，也不容易抓到，如果里面本来就藏有一种头上长刺的"洋打乎"，那你可就倒霉了。只要它的头一摆，你的手立马就会被刺破流血。好在农村的孩子皮实，负点伤，流点血，不在乎的，用嘴唧一唧，继续追鱼。

我们也在大河里练习游泳。学游泳几乎是男孩子的必修课。没有教练，完全是自学成才。还好，大河里的水喝再多也不收钱，只要喝够一定数量的水，一般都能游起来，不过完全不懂什么姿势，本能的狗刨式参加不了正式比赛。学习游泳也有付出生命代价的。我第一次下水，就差一点没有上来。那是中午饭后，我和老屋的几个兄弟到燕窝地下面的一个水潭边。由于是刚刚发过洪水，潭水很浑。看别人都脱衣服下去了，头都露在外面，我也跟着脱衣服下去了。谁知潭水很深，我一下子就沉下去了，幸亏发传哥手疾眼快，一把将我抓起来。严厉批评道："不会踩水，你下来干什么？"原来他们都会踩水！我乖乖地被托回到岸边。我平生有好几次生命危险，第一次生命危险，就发生在那里。它留给我的印象极为深刻，现在想起来，就像在昨天一样。

我们的大河除了自然景观之外，还有一段历史传奇。传说当年夏季，朱洪武领兵路过此地河边一村，在村后一处小山包上曾与一寡妇一夜风流。事后朱洪武问寡妇希望有什么报答？寡妇的回答出人意料：日后您当了皇帝，让我俩现在的这个地方没有蚊子就好。朱洪武大喜之极，忙点头答应了。果然，这个小山包在朱洪武登基之后，再也没有蚊子，成了全村夏日凉风的圣地。这个村从此易名朱皇店。究竟朱洪武在这里有没有留下真的血脉，不得而知，穷乡僻壤，无人考证，反正村里很多人姓朱，这是事实。说来也怪，这个村的老朱家在明代没有一个当官的，在清代也没有一个被诛的，没听说在官商兵学界出过什么名人。如果村里有一位族人牵头，如果朱家举一村之力，在当年先太祖奶奶陪朱元

璋风流的山墩墩上，盖一个亭子，尖顶飞檐，红柱黄瓦，亭中立丈二石碑，上刻"族太祖朱讳元璋率兵驱虏中途宿营纪念亭"，应该是一个很气派的景点。

可惜，怕是等不到了。不过也没有关系，大河还是大河，我心中的化龙河。

山之恋（一）

老家地处大别山麓，方圆几十里，除了河就是山。所以在我的童年记忆里，一大半都与山有关。

近山山势都不是太高，山上植被很好。祖先在山上特别是近山，都栽了各种经济林木，如松树、杉树、板栗、毛竹、漆树、油茶、油桐、黄柴、绿茶等，凡是能种植的地方都有种植。除了人工种植之外，山上绝大部分都是野生植物，乔灌草花，异常丰富，野菜山果，长年不断。

毫无疑问，四季山果是我们这些孩子的最爱。先从春天开始吧。当春风浩荡、万物复苏的时候，经过一个冬天的天寒地冻，土壤变得湿润松软，最先生长的是各式各样的小草。其中有一种茅草，在长出三五片嫩叶之后，就准备抽穗开花。它的穗都先是孕育在叶片中间的一个卷叶筒里，到时候再整个从筒子里破壳冒出来，白茫茫展现在大地上，如火如荼的"荼"，说的

大抵就是这一类的茅草。就在茅草之花孕育期间，我们将剑鞘一样的卷叶筒拔下撕开，里面一绺风嫩的、细长的、白色的、棉絮般的花胎，吃起来清香柔嫩且略带甜味。当然不能吃多，吃多了胃里不舒服。我们当地把这种东西叫茅胆，是大自然在春天里对孩童的第一个馈赠。

接下来就是草莓。我们那里的人把野草莓叫"莓（读'梦'音）子"。"莓子"分大麦莓和小麦莓，多在田埂地头生长。大麦莓先熟，籽粒大而疏，故又叫"大莓泡"，味道甜中带酸。小麦莓后熟，籽粒小而密，故又叫"小莓泡"，味道也更甜些。还有一种籽粒更细的颜色略带粉色的叫"蛇莓"，有毒，是千万吃不得的。老人一代一代这么传下来的教训，是谁也不敢违背的。

草莓还没有吃完，秧立果就成熟了。之所以叫秧立果，大概是因为它是插秧时节成熟的野果。秧立果是灌木生长出来的果实，红豆般大小，成熟后秧立果圆乎乎的，浑身通红，像极了天安门上的宫灯。吃起来特甜，有核，平时吃几颗的时候要吐核，但有时太馋了，恰巧又碰到多了，摘下来一把一把地送进嘴里，核也就不能尽数吐出了。成立果比秧立果要晚半个月成熟。也是红色，但红得不像秧立果那样鲜艳。如果说秧立果是宫灯，那么成立果就是宅灯，呈圆柱状，就像过去豪门大院里挂的那种。成熟了的成立果挂在枝头，随风摇曳，极像城里妇女耳朵上的红玛瑙坠子。成立果味道鲜甜，因个头比秧立果大，吃起来更过瘾。

到了夏天，则有松毛糖、木莓、腌喉子、茶桃、洋桃等。松毛糖是长在松树细枝上的白色结晶体，吃起来比糖还要甜。木莓树长满了刺，不让刺戳几下是吃不进嘴的。成熟的木莓紫黑色，味道甜美，能吃饱。吃多了，嘴上留下一圈黑。腌喉子就是野葡萄。乡间有句老话，叫"放牛的等不到腌喉熟"。由于它长在地头路边，往往不等完全成熟，还在青涩的时候，就被放牛的孩子吃光了。茶桃是油茶树杈上长出来的东西，样子像桃子，但不是完全封闭状的，有点像人的耳朵，青白色，吃起来香甜可口。洋桃就是猕猴桃，不过野生的没有人工种植的果实大，一般摘回来是硬邦邦的，要放软和了再吃才甜。

秋天呢，则主要有毛桃、八月爹、毛栗子、大箩罐等，乡间说："七月毛桃八月爹，九月毛栗笑哈哈。"毛桃成熟以后，满身上的毛就基本脱落干净了，就像小伙子大姑娘成熟后，皮肤就开始光亮一样，不过，人们等不到那个时候，就把它吃光了。八月爹是藤科植物，往往攀附在松树或其他什么乔木上，它的青果似香蕉，成熟后变黄裂开，露出里面红艳艳的瓤来，吃起来鲜甜。毛栗到了九月就完全成熟了，一成熟栗蓬就自动闭开了，一小排栗子像小孩牙齿一样露了出来，像一张张笑脸似的。小的毛栗有小拇盖大，大的则有中指盖大，吃起来既香且甜。

到了冬天，冰天雪地。当然没有果子生长。但走到山上，只要留心，有时也会喜出望外。说不定什么地方会有一种坚果遗留，如已经半干的大箩罐、可以揉出像芝麻一样的紫苏籽等，特别是走进板栗树林，在枯草里找出个把散落的板栗，也是常有的事。这时的板栗已经风干，剥出金晃晃的软绵绵的栗仁来放进嘴里，蜜一样的甜。

如果说享受山果是我的第一记忆的话，那么，给我留下更多记忆的还是山中采撷。最有意思的就是采蘑菇。春夏之际，每当一场雨后，松树林里就会有一棵棵的蘑菇，从树根附近的土里冒出，像一把把小小的雨伞。这是松树菇，个儿大，肉厚，冠呈灰褐色。茶树蘑菇，生长在茶树林里，个儿小一些，肉也薄一些，颜色乏黄，有点像茶油。而草菇则生长在草丛里，冠小杆长，三五成群。别看它们出身草芥，但却细嫩白皙，亭亭玉立，一棵棵都像玉雕似的。有时候看着看着，真有点不忍心下手。

捡地皮也多为春夏雨后的事。地皮多生在沙石上面，橡皮块大小，深绿色，无茎，甚至也无根，呈不规则片状，且有皱褶，软塌塌地趴在沙石上，像一块破布头。这家伙含水量很大，闻起来有一股土腥味。可是，回来经妈妈放小葱一炒就很香很好吃。

说起小葱，就又想起山上的野葱来。野葱和家葱一模一样，就是个头要小很多，圆筒叶子细得甚至吹不进气去。可是别看它小，味道却比家葱要香很多。不知为什么，老家把它称作"小蒜"。一到春天，我们就背着挎篮上山挖"小蒜"。"小蒜"多长在熟地地头和接近水沟处，一般都零散分布，未发现有一片一片的。"小蒜"的价值在根茎，多了可以腌制咸菜。发现后必须挖开泥土取出根茎，如果直接拔就拔断了。（万万没有想到，五十年后我在青海湖鸟岛，却惊奇地发现，那里的"小蒜"不仅是一片一片的，甚至整个山坡全都是"小蒜"，密如松针，形如地毯。不知这究竟是大自然的神奇呢，还是人工的种植，抑或是鸟的功劳？）

采药草也是孩子们的重要作业。桔梗、柴胡、麦冬、半夏、紫苏、茵陈、枸杞、牛角草、紫藤花、金银花、黄菊花，至少十来种药草，在家乡的山上都有生长。

其中近山生长最多的是茵陈。运气好时，可以看到方桌大一片，山风吹来，可以把它灰白色的针叶吹出浪来。遇到了这么多，你就可劲儿地掐吧。背回家用簸箕晒干，到街上卖好几分钱一斤呢。有时候，一挎篮茵陈掐下来，指甲盖要痛好几天。但看到正在暴晒的茵陈，心里还是美滋滋的。

金银花是最好看的花，喇叭似的。黄的似金，白的如银。还有的是同一根藤，既开黄花又开白花。太阳下山了，它的喇叭口就半闭起来，太阳出来了，就慢慢开放了。头发丝般的花蕊探出头来，羞答答的样子，像是仕女在绣楼的窗户旁朝后花园看蝶恋花似的。一棵金银花有时能采一手帕花。晒干了，一两左右。

黄菊花是中秋之后才开放的，花小瓣细，貌不惊人，没有张牙舞爪的花瓣，没有娇艳妩媚的花色，但其花香浓烈，沁人心脾。中药店对黄菊花的收购不是十分热心，有时收有时不收，或许是药用价值不是太高吧，但黄菊花在我心中的地位一直很高。离家50多年了，黄菊花仍是我最为怀念的一种。家乡山中的野花数不尽，但我以为，只有她，最能象征咱们农民。

山之恋（二）

如果说山中的植物让我小时候增加了物质养料，那么山中的动物则增加了我小时候的精神养料。和城里相比，山里简直就是一个野生动物园。

一年里，最先喧闹这个世界的就是青蛙（我们老家吧青蛙叫"肮巴"）。春天一到，憋了一个冬天的青蛙从他们的栖身地里爬出来，在靠近水的地方放声歌唱，比赛歌喉，特别是初夜，叫得地动山摇。结果是满池塘蝌蚪在那里摇头摆尾，一个个头大尾小，背黑肚白，可爱得很。但很快，它们就长出四肢来，随着四肢的成长，尾巴就渐渐地消失了，颜色也由黑色渐变为青色。青蛙的天敌是蛇。不论青蛙长到多大，只要被蛇盯上就难以逃脱，就像老鼠遇见猫一样，好像坐在那里就挪不动窝一样定住了，连眼珠子都不能动弹了，单等蛇来吞噬。直到进了蛇的嘴巴，才知道发出可怜的哀鸣声。我们也不止一次地从蛇口里救过青蛙，不过，从蛇口里吐出来的青蛙大部分都活不了多久，估计不是中了毒就是吓破胆了。

老家的蛇有好多种，常见的乌埂蛇、土埂蛇、菜花蛇和水蛇，乌埂蛇体型最大，一般成年蛇长达两米以上。有一次叫我遇着了这样一条大个的。当年我十三四岁，本是奉母命接应从大山上挖药草的妹妹的。太阳快下山了。我扛着根毛竹扁担正往前赶路，或见田里的红花草（紫云英）里有东西蠕动，定睛一看，一条特大的乌埂蛇，正在逶迤前行。估摸有两米多长，我先是吓坏了，平生没见过这么大的蛇，且四下里只有我一个人！但惊吓很快就被一种欲望代替了：我的一把自制二胡就差一张蛇皮了，早就梦想着有一天遇着蛇，今天老天终于给了我的机会，这会不下手更待何时！于是我竖起扁担，追上去朝蛇头部位狠命打击，我不知道追了有多远，打了多少下，反正蛇是被打死了，毛竹扁担也被打裂了。我把死蛇缠在扁担上，死蛇竟比我的扁担还长许多。我赶紧回家，乘天黑之前给蛇剥了皮，足足一拃多宽（约十来厘米）。几日后，我的二胡就蒙上了干透了的蛇皮，从此咿咿呀呀了好几年，一直到我入伍。

深春的时候，蜻蜓开始多起来，有大个的青颜色的，有中等个的金黄色的，还有小个的纯红颜色的，他们在我家屋子外面轻盈地飞翔，惹得我们用扇子扑用扫把打，偶然落在草堆上，蹑手蹑脚过去徒手抓。抓到了用线捆住尾部，就和放风筝一样拉着它飞。有时不小心线从手中滑落，就眼看着它拖着线高高地飞走。我母亲极力阻止我们这样做，说那样的蜻蜓活不长久，会慢慢地在痛苦中死去或被鸟啄食。最可人的蜻蜓还不是宅前屋后的这些，而是在山上、在河边，那罕见的蓝色或绿色的微型蜻蜓，也就一寸来长，它们的尾巴要占身长的五成以上，比硬铅笔芯还要细，翅膀极薄而透明。它们的秀气、苗条和文静，恐怕是世界级美女见了都要羡慕和自惭的。

蜻蜓的天敌里有燕子。一开春它们就从远方飞过来了。燕子一般都是在稻田里捕捉害虫，当着人的面捕蜻蜓，也是偶一为之。燕子在我们老家被认为是吉祥鸟。它在谁家屋檐下或房梁上做窝，就是哪家有福气的表现和兴旺的预示。事实是，燕子垒窝繁育后代之前的选址是经过反复侦查反复比较反复分析的，条件肯定要安全可靠、方位适当、环境适宜、气息清新的，而具备这四点的家庭，家道自然就不会太差。垒窝是一件十分辛苦的工作，燕子无数次往返于田间房舍之间，一嘴嘴衔泥筑窝，够辛劳的了。一些人家不忍看燕子垒窝的辛劳，就在门框的一边钉上两只大铁钉，将盖房用的一片瓦仰放在上面。有的燕子居然也能接受，就在瓦的周围一点一点往上垒，直至全部封闭，只留两只燕身宽的出口。垒窝是够劳累的，不过，斯时的老燕，可能也正处在高度兴奋期，他们在筑巢的同时也在筑梦，他们累并快乐着。果然，窝垒好不久，就听见燕窝里有了雏燕的呢喃。燕爸燕妈当初衔泥的往返又变为衔食的穿梭。一只只青虫被放入嗷嗷待哺的雏燕嘴里，那占去半个脑袋的似乎镶了金边的大嘴简直是个无底洞，燕爸燕妈喂完食迅即飞去，连在窝边片刻停留的时间都没有。

可能因为人们叫它是"家雀"吧，麻雀们也就没有把自己当外人。它们从来就不做窝，它们利用人们起屋筑墙留下的墙眼为窝，只需在下蛋前衔一些软草作为铺垫就可以了。省事是省事，但也经常招来我们这些孩子架梯子上去掏蛋。麻雀蛋的颜色和麻雀的毛色一样也是麻的。我们感到奇怪：怎么白鸡黑鸡花鸡麻鸡下的蛋都是黄色的呢？当我们掏麻雀蛋的时候，老麻雀不停地在附近飞动喊叫，所以母亲坚决不让我们掏麻雀窝。

夏天，是蚂蚁一年的黄金时节。各种各样的蚂蚁都在忙碌着，特别是身长两毫米左右的小蚂蚁。但他们的忙碌似乎和我们生产队的社员一样，都是集体劳动。几乎见不到它们自个儿吃东西，看到的都是它们往洞里拖食品。有青虫，有饭粒。荤素兼收，大小并蓄。小的，一个蚂蚁能搬动的，就只独立搬，大一点的，就几只合力搬。有拉的，有推的，还有探路的，每只蚂蚁都竭尽全力，没有偷懒的。我们偶尔放点饭粒在蚂蚁出没的地方，看它们从辨识到拖移的全过程。有趣的是，饭粒到洞口，小的就直接进，大的进不去，就派员通知洞里大一点的蚂蚁上来拆卸。奇怪的是，那些负责把大件咬碎的家伙都空手回洞，负责搬运的小蚂蚁继续搬运，分工严格得有点不近情理。

蚂蚁最动人之处是它们的举家搬迁。它们的巢穴在土壤深处，可能是遇到了什么灾难或预见到什么灾难了吧，经常有蚂蚁搬家。老家人说，蚂蚁搬家一般就预示着天要下雨。蚂蚁搬家的队伍长得不可思议，长到不知他们从哪里来也不知它们往哪里去，有时还看到无数小蚂蚁都衔着白亮亮的小卵。队伍长是长，但一点都不乱。大伙沿着一条道路顺着一个方向，快速前进。没有岔头，没有拥堵。也有个别逆行或离群的，但看得出，它们都是负有某种使命的，或是引导，或是警戒，或是信息传递，或是观敌瞭阵之类。有时我们故意在它们行军的路上放一块石头或者挖开一个小沟，我们看到，跟前的队伍会立即产生极大的混乱，由一条线变为一大片，但很快就镇定下来，它们会四下探路，要不了多久，前后就能恢复联络，后续的队伍或绕道，或下沟继续行进。

二、童年记趣

夏日，也是绿翠最活跃的时节。绿翠是我们老家最小巧最漂亮的鸟，全身绿得泛光，翅膀和尾巴呈蓝色，有很长的黄玉一般的喙。它们生活在小河边，专靠捕捉小鱼小虾为食。它们往往把窝搭在河边的芦梗上，风一吹来，左右晃荡，叫人担心死了。绿翠的蛋小得可怜，小指甲盖大，天蓝色的椭圆体，像蓝宝石。山里人对没有明显害处的弱小动物是爱护的，一般不轻易动鸟蛋，这是祖传下来的美德。有一次我的小妹在山上打猪草，捡回来几个野鸡蛋，我母亲一定要她送回原处。理由不多，就一句话：你把野鸡急死了！

蝙蝠也在夏日的夜晚活动。偶然，它们也飞进屋里。这家伙的长相酷似老鼠，老家把它叫"盐老鼠"。老人说它们飞进家里是想偷家里的盐吃。蝙蝠也有两只贼溜溜的大眼睛，但看不见东西，据说它们靠超声波辨别方向和物体。我们利用它们的这个弱点，对它们恶作剧：站在屋里的一个凳子上，上下使劲挥动竹棍，发出呜呜的声音。当竹棍挥到一定频次的时候，往往会使蝙蝠产生声音的盲区，咣地撞上竹棍而跌落地面。被打落的蝙蝠咕咚一声摔到地面，浑身颤抖，看了有些不忍心，用火钳将它夹起来扔出门外，少数也有活转来的。

秋天是人们忙于收获的季节，也是动物忙于收获的季节。山里的动物和人类在资源上特别是在粮食资源上是共有共享的，各种野山果本来应该是动物的，人类也采撷享用；反之，农作物本应是人类的，动物也盗取享用。中秋以后，是板栗收打的季节，松鼠也忙碌起来。松鼠在我们老家被叫作"吊老鼠"。它们起早贪黑地把板栗往它们的窝里搬，储备过冬的粮食。人们这时没有工夫理会它们，等到了冬天农闲时，就有大孩子们带着我们这些小孩子到栗树林里，找它们算账。松鼠大都生活在有了年岁的栗树洞里。这些洞一半是自然形成的，一半是松鼠们挖的。树洞很深，洞口却很小。一般情况下，凡是有松鼠住的地方，必定有一上一下两个洞口。一旦发现有这样的地方，就首先用布袋封住上面的洞口，在下面洞里放火生烟。松鼠受不住了，就只有往上面的洞外跑，外面是早已准备好的布袋，自然跑不了。

狐狸常年偷猎农家鸡，秋天次数更为频繁，肯定也是冬天的缘故。农妇对这一点是有警觉的。一般听到外面的鸡一阵乱叫还外加扑通，那肯定是狐狸偷鸡了，于是放下手中活计，便夺门追赶，速度之快，连她自己也意想不到。家中的"银行"被抢，那还得了！她们边追边喊："毛狗偷鸡了！毛狗偷鸡了！"这样一方面震慑狐狸，一方面向邻居求救。一般来说，狐狸的偷猎在这种情况下，成功的概率就很小了。因为他们逃跑时都是上山路，坡陡速度慢，再加上负重过大，后面人们的追杀之声紧逼心里紧张，一般跑不了多远，就要选择放弃。不过，放弃也绝不是简单放下，而是选一隐蔽处草草掩埋。当然这种伎俩难以奏效，因为一路都有鸡毛和血迹，但找回来时的鸡已基本没有生命迹象了。即便如此，农妇还是把它抱在怀里抖着摇着，希望奇迹会在自己的手中发生，家里的灯油和盐巴都指望着它呢！

相比之下，狐狸偷鸡还不算什么，要是狼把猪偷了，那损失就要大得多了。狼偷猪一般都发生在深夜。谁家的猪没有进屋而被狼发现了，狼就会将猪偷走。你说不对呀，猪多重的？狼能背得动它？猪不会叫唤？原来，狼不是背，而是赶。一般的流程是，先和猪套一番近乎，吻吻脸，挠挠痒什么的，已经躺下的猪，先把它哄得站起身来，然后轻轻地咬住猪的耳朵，将它往前拉，用

二、童年记趣

它那多毛的尾巴拍打着猪屁股，这样，猪就乖乖地跟着狼走了。说起来好像是在讲童话故事，一开始大伙也不信，后来真有一位木匠叔叔在外面做木工活夜间回村的路上亲眼所见，将狼打跑，把猪赶回村里，翌日验证猪耳朵还有狼的牙印，才知道这不是传说。都说狐狸狡猾，狼不也狡猾？都说猪不傻，不知道那时候猪在想什么？是根本就无计可施，还是以为哪位帅哥邀请它去吃夜宵？

狐狸与狼的祸害只是偶然发生的，倒是野猪破坏农作物的事情既普遍且经常。山上种的玉米、红薯等，有时叫它们弄得颗粒无收。实在没有办法，只有弃耕。山区本来就没有多少耕地，弃耕是没有办法的办法。农民对野猪恨之入骨，每年秋后都要组织几回打击。都是十里八里的猎枪手，聚在一起，到山上伏击合围。行动前有详细的分工部署，和打仗差不多：谁迎头，谁断后，谁谁左侧，谁谁右侧。如果野猪调头怎么办？向左怎么办？向右怎么办？尽管种种不测都有预案，但由于时机、地点、武器、猎手临场经验等很多因素的不确定性，不是每次都必然成功，所以当他们有时成功了，背着枪，抬着一百多斤重的野猪回村，村里就像过节一样的热闹。大人们回顾围猎情境，我们小孩子在一旁听了，觉得神奇得不得了，恨不得自己快点长大，加入他们的队伍。

冬天里，万物萧索。一切动物都极大地减少了活动，大地安静了不少。特别是大雪封山的日子，极少见到野生动物的踪影。绝大部分动物都有过冬的准备，食品早已贮藏充足，这时的它们都在窝里或巢穴里，安度寒冬。但也有准备不足的，雪夜下山到农舍附近作案。村里就有人在通山路口放炸弹，猪油包裹的汤圆大小的炸弹。只要有动物咬上就立即爆炸，有的当场毙命，有的受伤逃跑，天亮被循迹追上擒获，拖回来剥皮炖肉。狼、狐、獾等的肉，我都吃过。一般的厨艺，像做猪肉一样的做法，都难以爽口，主要是兽味较重，但因为稀罕，也都感觉良好。

　　大山里的野生动物，三天三夜也说不完。它们都深深地印在我的脑海里，终生无法忘怀。

山之恋（三）

　　家乡的山都不是太高如岳的那种，但关键是多。高处看，高低起伏、重重叠叠，如大海波涛一般。而我们的村庄就在它们的怀抱之中，山脚山腰山头，零零散散滴滴，犹如浪花点点。

　　山的子民，出门就是山，满眼都是山。山岗、山洼、山塝、山冲、山头、山沟、山阳、山阴……矗立的峰，势头刚劲，横亘的梁，曲线绵柔，家乡的山姿山貌，都是男性的脊梁女性的胸膛。斜趴的坡，草木茂盛；仰躺的谷，幽深绵长，家乡的山形山体，就是老人的圣地少年的天堂。

　　晴日里，当天刚露一点鱼肚白的时候，全部的山的轮廓就开始呈现。当朝霞满天的时候，群山就像着了一件红色的霞帔。渐渐地，一轮红日从山岗冉冉升起，千山万壑无言地享受阳光的抚慰。太阳下山之际，群山再一次沐浴万道红霞，直到黄昏，才渐渐地隐没在黑夜之中。但过不了多久，待明月初上，山的轮廓再一次朦胧展现。月夜群山的线条无比温柔，极像春蚕吐出的带有体温的丝。雨天里，特别是在温柔的春雨里，群山则像一群温顺的婴儿，尽情地享受雨露的恩泽。阴雨过后，天晴之前，群山就有雾霭密布，以往清晰的山的轮廓，就会出现大量的亏缺，等浓雾渐渐地淡了，山影方呈现在虚无缥缈之间，就像穿上了一件白色的婚纱。直到山顶的最后一团白雾散尽，一轮红日再次照耀，群山才又清晰显现，而且格外清新，格外精神。

一年四季，群山都有不同的色彩：春天，万物复苏，绿色开始替代黄色，但很快，各色鲜花竞相开放，群山变成有绿色作为底色的五彩缤纷的世界。先是迎春花黄，紧接着是桃花粉、杏花红、梨花白，还有数不尽的草本野花，颜色更是多得说不清。最灿烂的要数山脚下的油菜花，一片片金黄耀眼夺目；最艳丽的要数山腰里的映山红，红得火焰一般。每逢栽秧时节，人们总要上山砍一些回来，插在稻田里，显示喜庆，预祝丰收。夏天，绿色升格为群山的主色调，嫩绿、淡绿、草绿转化为墨绿、深绿、浓绿。打破这个绿色世界的是初夏田地里成熟了的小麦。小麦收割之后，又恢复了绿色的一统天下。偶然能打破它的，只有彩虹了。夏日暴雨之后，天空往往生出彩虹。彩虹有时挂得很高很远，有时就在不远处的山上。有一年夏天我在外婆家，发现彩虹的一端就扎在大河对面的山沟里，美丽极了的七色彩虹引起我极大的好奇，我夺门而出，疯了一般向彩虹追去，眼看就要到跟前了，却不料被刚刚爆发的汹涌山洪堵住去路，只好在河这边眼巴巴地看着彩虹在那边渐渐地淡去。随着梯田里中稻的收割完毕，秋天就到悄悄到来了，满山的草木也开始慢慢地褪色了，由青绿慢慢变成淡黄，再逐渐走向枯黄。不过，也并不像夏日那样统一，山上的松树依然青着，枫叶也是先红上好一阵子再黄的。地里还有红穗的高粱、红杆的荞麦，地头还有硕大的红柿子。到了冬天，除了松树和冬青之外，群山可真是黄透了。不过，等到腊月里天上下起瑞雪来，就又成了一片银色的世界。

　　山里也有夜色，但和城里截然不同。城里人在夜晚极难找到星星，因为他们把星星都摘下来安到地上了。山里没有一盏露天的灯，所有的灯光都在室内，而且是油灯，其光如豆，对付不了无边的黑暗，几步开外就看不见了，但我们有天上的星星。夏日之夜，我们躺在场地凉床上一边吹凉风，一边欣赏着天上的星星，听老人指点老人星、孤儿星和牛郎织女星。星星既多且亮，而且很近，好像多架几部梯子就能摘下来似的。等月亮上来了，夜色就更加美好了。月色笼罩的群山，有一种乳白色的朦胧之美、阴柔之美、虚幻之美、仙境之美。那纷飞的萤火虫，精灵似的游荡，明明灭灭的荧光，更是把山区特有的夜色之美推向了极致。小时候我们经常在晚上抓萤火虫，把它放在墨水瓶里，近距离看它们肚皮里发出的柔和的光。玩够了，盖紧了瓶盖，我们带着梦想入睡。

　　大山是寂静的，寂静得只有天籁之声。

　　天籁的声音里要数鸟鸣最为常听。所有的鸟里面，麻雀叫得最多，一天到晚，叽叽喳喳，没完没了。最喜庆的是喜鹊，再不好的心情，听到喜鹊喳喳地叫，也要稀释很多。最不愿听到的是乌鸦，"呱呱"难听死了。最恐怖的是猫头鹰，因为他们大多在天黑的时候叫，而且是闭嘴的喉音，一声一个大降调，沉闷而悲哀。最好听的是画眉，声音清脆，声调婉转，跟唱歌似的。除了鸟声之外，还有春天里的青蛙，那个叫起来能把天叫塌下来，好在就那么十天半月。夏天里的蝉叫起来也十分有阵势，不过忙起来，有时也好像听而不闻。最能引起悲鸣的是秋天晚间的虫啾，它们躲在草丛里，诉说着对冬天的恐惧，声音近似颤抖。山里还不时有狼嚎虎啸。狼嚎起来，就像十来岁的小孩的痛哭声。狼嚎以傍晚时间为多。每到这个时候，都是家长吓唬小孩的时候。老虎叫起来，声音沉闷，好像是把嘴贴在地上吼似的。有一年正月，大雪封山。我和二哥在我姑姑家听到这么一回，也是我有生唯一的一回，但记忆却是永远。当时我们刚刚上床准备睡觉，我和二哥都感到我们睡的床腿随着老虎吼叫的声音在颤抖。

野生动物的叫声之外，剩下来就是家禽家畜的叫声了。它们给我的印象最深，因为它们的叫声构成了我童年生活的一部分。猪在饿了的时候哼哼着用嘴拱我母亲的小腿，我们觉得猪就是我们的代言人。我们不敢说的话，猪替我们说了。还有就是鸡，母鸡下蛋后的咯咯叫声，是我最喜欢听的。鸡下蛋了，可以给家里换盐换灯油了！我不喜欢听公鸡打鸣，因为它那个不可一世的样子让我看了很不舒服。我更不喜欢犬吠，因为我们是穷人家的孩子，穿着破旧，走到哪里，哪里的狗都要对我们狂吠。

山野除了动物的声音之外，还有好多自然界其他的声音。听如吼的松涛，仿佛处在万顷波涛之中，惊心动魄，特别是在寒冷的冬夜里，你会对大自然多一分敬畏，对生活多一分寒栗。春天，听如琴的泉鸣，你会对山乡多一分爱恋，对生活多一分欢快。夏日里的雨，有时来得十分突然十分残酷，电闪雷鸣，狂风大作，铜钱大的雨点在闪电中像无数根平行线穿向地面，发出哗哗的声响。不出半个小时，门前的小溪怒涨，吼声如雷；山间的瀑布狂泻，声浪震耳。

说了这么多声音，似乎山里是喧嚣吵闹的，其实不然，山里是世界上最安静的地方。绝对距离在一里左右的村与村之间，稍微大一点嗓门，隔空对话可以清清楚楚。我爸爸经常在对面红石岩山上干活，家里的饭熟了，妈妈让我们喊爸爸回家吃饭，绝对距离不下三里，我爸爸都能听到。有一年夜里，邻村失火。我大嫂爬到我家山岗上呼喊外村人相救，硬是把河棚镇上的人都喊来了。镇子离我们家，实打实三里多地。

　　山里一年四季都散发着香味。一开春，到处都是油菜花，油菜花的香气，略略带有点菜籽油的味道。油菜花刚结籽，一树一树的板栗花又竞相开放，板栗花香的味道说不上来，有点像板栗，又有点像烟丝。我最喜欢闻的是桂花，那样细小的花瓣，居然浓香四射，香得令人心醉神迷。我最眷恋的还是深秋那满山的菊花，它们的香味和它们的枝叶一样，朴素天然，没有任何招摇卖弄的意思。除此之外，就是麦香稻香了，这是不带半点浪漫的生命之香。它们的花香，它们的籽香，它们在田里香，它们在碗里更香。每当我在山里赶路接近饭点的时候，老远闻见饭熟的香味，顿生饥饿之感，嘴里不免生出唾液来。其实，山里不仅仅是花果粮食有香气，就是山里的泥土也是芳香的。特别是在春天，山塝的熟地就像发糕似的，随便一铲子下去，闻到的都是淡淡的芳香。一切自然的香味，追根溯源，都是从泥土里面来的。

　　当年从山里走出的孩子，现在已经白发苍苍，而故乡的青山依旧。人的一生，有点像山的四季。人的少年时期，像是山在春天里，生机勃发。人的青年，像是山在夏天里，奋力拼搏：与烈日抗，与狂风斗，与暴雨拼，与雷电搏。人生的壮年，就像山在天高云淡的秋日里，柿子软了，板栗开了，荞麦黑了，高粱红了，负重累累，收获累累。而人到了老年，则像山在天寒地冻的冬天，该枯的都枯了，该落的都落了，该收的都收了，该藏的都藏了，特别是大雪过后，老人的白头更像白雪皑皑的山峰。遗憾的是，青山恒有枯荣替，人老再无二度春。

听胡琴书

小时候在家乡，一项重要的文化活动就是听盲人说书。他们因为眼睛看不见，一个字都不认识，但他们居然和书打一辈子交道，把说书作为谋生的手段，这使好多读书人在他们面前感到汗颜。他们凭的就是一把自制的二胡，两片自制的比麻将大不了多少的竹板，行话叫"牙子"。平时他们就是凭着这两样东西，拄着一根同样是自制的拐棍，游走于四乡八邻，给人说书，混一口饭吃。你说凭这两样家什就能谋生？不是的，关键的关键是他们有一肚子书！你又问：他是盲人，不是不识字吗？你想，那盲人之前不是还有盲人吗？他们的一肚子书都是听来的！和一般人不同的是，别人是用耳朵听，而他们是用心听；别人听是为了快活，他们听是为了活命。所以他们的记忆力特别好，一般都是听了一遍就基本上能记住八九成。

山里人虽然穷忙，但是渴望文化生活的热情还是不减的。可怜他们没有电影、没有电视、没有收音机、没有书籍，没有时间、没有机会、没有精力、没有财力，文化生活几乎为零。所以瞎子说书，极受农民欢迎。一听说盲人来了，全生产队就像过年过节一样高兴，尤其是年轻人。生产队再穷，也要出资留盲人在村里说一回胡琴书。说书一般都选在夏日进行。因为一来夏日夜长，晚一点对睡眠的影响小一些，再说夏日天气炎热，睡早了也睡不着，最关键的是好多村没有像样的大房子坐下全村的人，夏日可以在场地上露天进行。

晚饭之后，天也黑了，各个自然庄的人都往生产队的场地上集中。往常，这个时候就都上床睡觉了，可是这天不同，好像一天的劳作也不累了，瞌睡虫也都跑了，人们带着莫名的兴奋和激动，汇集到一起。离场地近的家庭把家里所有的板凳都搬了出来，有的干脆搬来凉床。远一点的有自带凳子的，有不愿意带的就和别人挤在一起。大人小孩，满场地都是人。来早的人，有人就主动和盲人攀谈，有人还给盲人递上"白纸包"烟卷。被热情包围的盲人和人们讲着天气庄稼之类的寒暄话，享受着难得的别人对他的尊敬和热情。

生产队长或村里的头面人物宣布：人都来得差不多了，就请先生开讲吧。盲人答应后，从口袋里吧"牙子"掏出来绑在右腿的小腿肚上，再操起二胡，调一调弦，接着开始拉胡琴书的基本调式，不时地抖动右腿，"牙子"也开始打出节奏来。"人都到齐了？"二胡突然说出人话来，没等人们回过神来，二胡又说话了："那我就开始了！"逗得大家哈哈大笑。

于是，说书开始。一般都是先来一个小段子，七八十来分钟的时间，算是热身。但小段子却十分精彩，并多多少少都带一点辈,不过到关键时刻总是打住。一般这个时候盲人都要喝口水歇口气,等人们期盼他往下讲的时候,他却拉几遍过门进入了正题。正题都是大书,给我印象最深的有《瓦岗寨》《薛仁贵征东》《杨家将》《三请樊梨花》等。说是说书,实际上是有说有唱,说唱结合。在环境描写、肖像描写、服饰描写、心境描写等舒缓部分,一般是唱。嘴里唱一句词,胡琴跟一句调,结尾一个大拖腔则是胡琴和唱声一起,右腿的"牙子"均匀地打着节奏。但凡遇到打斗场面、厮杀过程、要紧之处、危急关头,又往往直接道白,有时也动一动琴弓,急速地内外拉几个空弦,右腿的竹板也跟着配合,打着紧急的碎板,协助制造紧张气氛。唱到美妙时,人们浮想联翩,脑海里展现出一幅幅精彩画面;说到要紧处,人们屏声敛气,场地上掉根针都能听见。由于精彩情节不断,故事线条紧凑,有小孩尿憋了许久都不舍得上厕所。大部分人都没有瞌睡,个别打瞌睡的也不愿意走,脑袋一舂一舂地在那里硬撑。盲人说书学名叫胡琴书。盲人的嘴巴厉害,胡琴的功夫也都了得,特别是模仿人说话的声音,惟妙惟肖。而且根据人物年龄、性格和情节,沧桑稚嫩、高低缓急、严肃轻佻,都恰到好处。说到伤心处,胡琴哭,听众跟着抹眼泪;说到高兴时,胡琴笑,惹得听众跟着笑出声。

　　夜晚的山村,十分静谧。几十号人的场地,只有盲人说书的声音。天鹅绒般的夜空已经明显地斗换星移,星露水(露水)已经把凉床打湿了,明显地已经进入下半夜了。这时候盲人选个紧要处打住,说:"要想晓得结果,明晚再听分晓!"场上立即迎来喊声:"再来一关!""再来一关!"盲人其实早就料到有这一出,又装作没有办法,只好再来一段,其实这后面一段才是这一关的真正结尾,才是最令人牵肠挂肚的地方……

　　这就是我少年时对盲人说书的印象。盲人这种民间艺人,就这样用他沙哑的声音,在胡琴竹板的陪伴下,讲述着千百年前的故事,将人们带入茫茫的历史星空。中华传统文化以这样一种下里巴人的方式,在她的子民中间传扬。人们在沐浴星光夜露的同时,承接着中华文化乳汁的滋润。

　　早年在我们家乡,与胡琴书并行的还有大鼓书。说书者还是盲人,只是把胡琴换成了面盆大小的鼓。胡琴书以唱为主,辅之以说,大鼓书则纯粹是说。一边说,一边击鼓。照样吸引听众,招人喜欢。

　　有一回,一个鼓书艺人到我外婆家所在的生产队有点事,傍晚要回去,生产队硬要挽留他说一回大鼓书。艺人说我没有家伙。这倒是个难题。鼓书鼓书,没有鼓怎么说鼓书?一时间人们抓耳挠腮,思谋着到哪里去弄鼓。后来不知是谁给出了个招:找来一个木头脸盆,里面放满水,上面扣着一个舀水的葫芦瓢,再拿一只筷子来。凑合说吧。你别说,还真行,毕竟那只是道具,口才才是关键。虽然葫芦瓢敲起来扑哧扑哧的,一旦把人们带入了故事情节,人们就完全忘却鼓与瓢的区别了。

　　那一晚说的是什么,我已忘了,但那个场景我却一直记在心里:那是一个漆黑的夜晚,一盏如豆的煤油灯,几十号人挤在我的一个舅舅家的厅屋里,说书人面前的葫芦瓢反着微弱的灯光,在脸盆里被筷子敲得乱晃。

　　只可惜,他们这些民间艺术家都相继去世了,胡琴书、大鼓书这些民间艺术在我们家乡已经绝迹了。

看 灯

黄梅戏段子《夫妻观灯》，在我们老家是家喻户晓的，人人都能哼上两句。短短几分钟的台词，把正月十五玩灯的场景写得面面俱到，场面气氛、灯的内容都一一交代，尤其是对各色观众的表现，写得活灵活现。每当看到这样的段子，就都勾起我的童年对于看灯的记忆。

每到正月十五，河棚街上都要玩灯。老家把这个十五作为大年的一个重要部分来过，甚至作为大年的最后一个高潮来过，所以十分重视。大人们过了初二就开始准备了。小孩们也早早就盼着这一天。那个盼望的心情绝不亚于盼望过年。

这一天的晚饭后，各个大队的节目就从四面八方往街上赶。往指定地点集中。街道上，各个村子的锣鼓互相较劲，都想把自家的声音抬起来，把对方的声音压下去，这个场合这个时候说锣鼓喧天，一点也不过分。特别是那一套抬锣抬鼓。抬锣有小簸箕大，打的响声震耳欲聋，而抬鼓则有大水缸粗，打得人的心都有要被震碎的感觉。

等锣鼓响了好长一段时间，各个大队的节目都到齐了，玩灯正式开始。从下街头起，沿街往上街头走。先是几个蚌壳精开路。蚌壳精是单人节目：一个用铁丝和竹片扎成的蚌壳，外面糊上绿绸，贴上金色螺纹，或糊上白纸用颜料涂绿，再画上黄色弧线。一个人在里面操纵，随着锣鼓的节奏，蚌壳一开一合。玩蚌壳的人一般要求是姑娘。蚌壳的大小正好能合住一个人，里面有个蚕豆大小的电灯泡，随着蚌壳的开阖一闪一闪的，就像一颗灿烂的珍珠，而姑娘的面庞在电灯光的照耀下，更是比珍珠灿烂百倍。蚌壳精动作看似简单，其实要求很高。开合要求有高低、俯仰的变换，位移要求有姿势、仪态的把握，要把它玩活、玩出神韵来，绝不是件容易的事情。

一帮蚌壳精玩过之后，狮子跟上来了。刚刚还在温柔印象中没有回过神思的人们，一下子面对威武、凶猛的狮子，还有点不大适应。特别是我们这些小孩子，明明知道狮子是手工扎的，但面对那样的狰狞面孔与庞然大物，心里还是有些害怕，都不自觉地往后退。两只狮子在一个手托绣球的人的引导下，相互争抢那只彩色的绣球，或打或咬，或滚或跳。锣鼓打出有力的节奏，烘托着狮子的表演。整个场面，给人一种雄壮的、力量的震撼效应。

整个灯会最关键的节目是箩花船。船是用竹竿竹片扎的造型，再用绸缎布匹做围挡装饰。玩灯时有两个人最重要：一个大姑娘在船中间用彩绳肩负着船重，老家把她叫"花芯子"。扮"花芯子"的姑娘一般都是当地长得最出众的女孩子。不仅长相要美，还要求身材苗条，嗓子清亮甜润，特别是脑子要好使，能现编唱词现

二、童年记趣

场唱和。另一个就是艄公，老家把他叫"船拐子"，这个对长相没有多高的要求，关键要是活泼风趣，身体轻便，在演出场上相当于戏曲里的小丑。其余还有花船两边两个穿着鲜亮的大姑娘，护着花芯子。有时还有一个手拿破蒲扇跟在船艄的"船奶奶"。

花船过来了。走在前面的是那个"船拐子"，头戴一顶破草帽，手拿一只桨，装成罗圈腿的样子，进三步退两步地划着。后面一只花船水上漂似的过来了。大家争相伸头看花船里面的姑娘。看着姑娘那副粉抹胭脂的脸蛋，参条子似的身段，看着看着就靠近了，护花的姑娘脚步就有点乱了，这个时候"船拐子"的桨就礼貌地比画到你小腿跟前了。所以，这个小丑似的人物还有一个打场子做护花使者的任务。

"船拐子"开始唱起秧歌来了。歌词一共五句，前三句唱完有一阵小锣敲几个节拍，第四句唱过后，专邀观众呼应："那边的同志你听着！"观众立马唱和："宣传同志怎么讲？""船拐子"这才唱第五句结束语。"船拐子"的拖腔淹没在两旁看灯人的唱和声浪里，有的时候，大伙齐声呼求"花芯子"唱歌，特别是一些毛头小伙子。因为除了此刻，这一辈子都没有可能与那么漂亮的大姑娘对唱。有时候，"船拐子"专门和"船奶奶"一前一后对唱。唱词更加热闹，表演更加风趣。

玩灯的高潮是玩龙。龙也是自己扎的，身子是白老布，往往不着色，也不画鳞片。龙头是最讲究的，扎龙的大部工夫都用在龙头上，有的眼睛还用上了手电筒，舞起来龙眼目光远射，更增加了龙的灵性和威严。由于龙头复杂，用的材料多，相对龙头就重，舞起来有些吃力，没有一点臂力的人是舞不起来的。但人家说真正累的不是玩龙头的，而是耍龙尾的，一晚上数他跑路最多，而且是不由自主，完全被动。再冷的冬天，一场龙玩下来，都是一身汗水。

一条有十人左右舞动的白龙，在满月的照耀下，在锣鼓的声浪中，游过来了。只见它跌宕腾挪，高低起伏，摇头摆尾，伸蜷展缩，展现了各种姿势，就像真的活了一样。这一游戏，象征着驯服巨龙，为民造福，风调雨顺，五谷丰登。在近两里长的河棚街道上，白龙就是这样，上下翻腾，舞动出一种祈求吉祥的良好夙愿，抒发出一种积极有为的进取精神。

除了街道上聚集玩灯，各大队自个儿也玩。我们大队的拿手戏是狮子和龙。有一年，山上片扎了一条龙，山下片做了一只箩花船和一只狮子。大家相聚到各个生产小队去演。箩花船玩到我家的时候，我母亲还给"花芯子"两条手卷。记得"花芯子"是詹银桂，我的同学。狮子玩到詹德富老爹家，人家还专门在蜡烛台铁签上裹了一块钱让玩狮人去取。那年玩狮头的是老屋生产队队长、玩狮高手的詹昌和，他硬是在一只手舞动狮头的情况下，脚踩蜡烛台座，一只手拔去燃烧的蜡烛，取出那一元钱，再插上仍然燃烧着的蜡烛。这是一件绝活，一般人是不敢下手的，因为要是把蜡烛给弄灭了，主人是非常不高兴的，要是把狮子给点着了，更是不吉利的事情。

看 戏

在山村，看戏是一个重大节日，特别是对于青少年。三两年才能一遇的大戏，其吸引力是不可抗拒的。

给我印象最深的有三回。一回是看猴戏，那是我平生第一回看见猴子。猴子会敲锣会打鼓还会抬轿子，太有意思了。另一回是看杂技，我们老家叫看把戏。有一个六七层楼高的木头柱子，两边全是亮闪闪的刀锋，有人光着脚板上踩着刀锋往顶上攀爬，看得我全身的肉都发紧。最后一回看的是庐剧，具体时间我记不得了，大概是我十三四岁的时候。

戏台子搭在河棚下街头的河埂子（河堤）上。这里是传统的戏台。一般演戏都选择在这里搭台，因为这里的地势天然合适：它有一个河埂子，埂子下面是一片平坦的干河滩。就着河埂搭台省工省料，而且河滩与河埂有落差，观众能看清台上的戏。

晚饭还没吃完，我就被几个小学同学叫出来了。我们就像要出门捡宝贝似的，一口气跑到街上来了。戏台已经搭好，晚霞还没有退尽，我们围着戏台看热闹，空旷的戏台，在我们眼里却是一道美丽的风景，因为今天晚上的演出就要在这里进行，我们似乎已经看到了即将展现的精彩。尽管我们根本不知道要演什么，但我们首先认定它一定是好看的。

　　工作人员正在准备给舞台两边的大立柱上挂汽灯。这是一种专门供唱戏用的灯，一盖一灯头一罩一灯座，体型较大。用之前，先拿出一个白色的小纱网套在灯头上，点火把它烧成灰烬，但形状仍然还套在灯头上，然后再给灯座里的油壶打气，等气打足了，煤油就顺着管道从灯顶盖往灰纱网上喷出，这个时候再点燃灰纱网，小心合上玻璃罩，小心挂到柱上。纱网一开始红红的，不是很亮，但很快，就明亮无比，眼睛不敢正视。

　　看戏的人们开始聚集。人们三三两两，从四面八方赶来。早来的首先抢占了有利地形。最早来的当然是住在街道上的人，他们把长条凳放在最靠前的地方，就像正式礼堂看戏的首长和贵宾席的位置。乡下来的人只好尾随其后，越晚来的就越在其后。也有派打前站的先占据了靠前的位置，晚来的人通过呼喊取得联系，硬是从后面挤进去的。天黑不长时间，台下已是黑压压一片，从上往下看全是人头。雪亮的灯光把舞台照得如同白昼。

　　记得那天晚演的是庐剧《血泪仇》。是我们舒城县文工团排练的现代节目。由于是革命题材，团里十分重视，台柱子演员都上场了。整个剧情总的印象是挺感人的，具体情节现在已经记不清了，只有一个声音现在还响在耳畔。有一个十四五岁的姑娘，像是在妈妈的病榻前还是坟茔前哭别，那个带着拖腔的"妈妈"两个字，撕肝裂肺，凄惨绝伦，到现在我都还记得。不仅声音记

得，演员模样也记得：圆圆的脸蛋，有酒窝，两只大眼睛，稚气未脱的样子，身材丰满，虽然穿着破烂的演出服，但仍然魅力四射。一些看进去了的观众，被她的表演感动，和我一样，也都潸然泪下。

　　具体情节不记得，是因为当时就没有完全看下来。而没有完全看下来，是因为场子太乱太吵。由于来得早，我们的位置是比较靠前的，一开始，我的前面只有三四排凳子，但后来又来了几个带凳子的。我们就被往后挤了。我前左方是两个街道妇女，做在一张长条凳上，从头到尾都在嗑着瓜子说着话，说道高兴处，还互相打着捶嘎嘎大笑。我的右前方是一个带着个吃奶小孩的妈妈。看得出这位年轻的妈妈是个戏迷，就是小孩不配合，老是哭闹。最前面还有个老头，估计也是七十好几了，是在家人的陪同下来看戏的，老人看戏倒是专注，就是不时地咳嗽，声音大得惊人。我后面是一个哥哥带着弟弟的观众组合。弟弟七八岁的样子，个子低，哥哥就让他骑在脖子上。这个位置就是弟弟利用自己体积小的优势从人缝中钻进来，而后再喊哥哥进来的，这回骑在哥哥的脖子上看戏也算是哥哥对他的一种回报。老家把这种骑脖方式叫作"打杠肩"。虽然挡着后面的人，但在情理上别人也不好说什么。没想到戏看到一半，弟弟要尿尿，哥哥说：忍着！弟弟只好忍着。但忍耐是有限度的，实在憋不住，弟弟从哥哥肩上溜下来，向场外突围。十来分钟后，传来弟弟尖锐的叫喊声，他是大事办完了找不到哥哥了，哥哥则更大声地回应并挥手，好长时间才又重新回到哥哥的肩上。

　　像这样近距离说话的、远距离呼叫的、老人咳嗽的、小孩哭闹的，比比皆是。乡下人看戏，台下总比台上热闹。在这种情况下，想看好戏的人也没有办法看好，于是就有人出面制止，有效果，但只是一阵子，有的还因此吵起来，那就更热闹了。台上演员都看在眼里，但也没有办法，演出照常进行，该白时白，该唱时唱，他们的心理素质真好。

近两小时的戏终于演完了。观众像炸了窝的蚂蚁，没等演员谢幕完毕，就四处奔突。散场时间之迅疾，和集聚时形成强烈反差。不为别的，只为赶快回家睡觉，第二天一早四五点钟就要起床下地。这个时候，从街道向各个自然村辐射的路上，到处都闪烁着手电筒的光芒。

我们来时就几个人，回去却有十好几个人，因为来时不是一起来的，走时却是一起走的。月亮被挡在云层里了，黑夜沉沉。我自己没有手电，也不习惯借助别人的手电，只自顾自地往回走。回想戏台情节，心里久久不能平静，总好像丢了什么似的，一路上基本没有和别人搭话。

回到家里仍旧痴呆呆的。妈妈问我饿不饿，因为走时晚饭没有吃饱。妈妈说稀饭还在锅里温着的，我说不饿。一个人像丢了魂似的，也不洗漱，也不上床，呆呆地在厅屋静坐着。

我的这种心情，应了爸爸形容我的那句话："看灯看戏，回来无趣。"这句话爸爸也可能是听来的，但不管这句话是谁的发明，它是千真万确的真理。艺术是一种源于生活的典型创造，艺术总是要高于生活的，艺术和生活的落差越大，观众回到生活后的失落感就越强。

我们小时候的玩具

　　我们小时候也爱玩具，虽然没有现在儿童玩具那么多，但也蛮丰富。什么枪、刀、箭、毽子、跳绳、高跷等，花样不少。
　　和现在儿童最大的不一样是，我们的玩具都是自己亲手制作的，不花一分钱。比如枪，就是用竹子做的。砍一棵水竹，锯出其中的一段：一头不留竹节，开放型的，一头保留竹节，封闭形的，实际上就是锯出一个竹筒。再在离筒口近一点的地方挖一个垂直的贯穿性缺口，上方缺口大，为方形，下方缺口小，为线形。在竹节处上方也挖一个线形缺口。完了再做一根竹片，用力弯成弓状，一头插入竹节上方的线形缺口，一头插入竹筒近处的方形缺口，一把枪就这样做好了。玩时只要在竹筒里放上豌豆大的小石子，用手从竹筒近处的贯穿缺口底下顶出竹片，竹片就会在竹筒上方的方形缺口做一定距离的弹力运动，把近靠它的石子弹出去。这是打子弹的枪。还有打水的枪。水枪的做法简单一些，只要先锯出一个竹筒,在竹节上打一个小眼,再用木棍缠上纸浆做出活塞,塞入竹筒就可以了。玩的时候把它放在水中,回抽活塞,让水吸入,拿起对准目标推动活塞,水就射出去了。做弓箭最简单,把毛竹爿子弯成半圆形,用绳子绑紧,这就是弓。至于箭,就是直一点的柴草棍,到处都有。

最难的是做毽子。那可是个技术活。第一步是先要搞到一枚铜钱,用碎布头把它包起来,再用针线沿铜钱边沿把它缝起来,减掉多余的部分。第二步是拿一根公鸡翅膀上长的羽毛,剪去羽毛部分,留下根部一寸左右的毛管,将其下端顺着管子剪两下,使其一分为四,掰开来相互垂直摁在缝好的铜钱上,再用针线在钱眼上下的布料上固定缝牢。这些针线活往往都有母亲或姐姐帮忙。第三部是将准备好的公鸡尾巴上的毛一根一根地插入鸡毛管,一般五六根就好,插多了踢起来毽子发飘。插鸡毛要使毛尾外垂,且要兼顾四面八方,这样才可以照顾平衡,踢起来不跑偏方向,而且样子也好看,像盛开的百合花。

自己做的东西,用起来顺手,玩起来有趣。如踢毽子,踢自己的,就要踢得多,抽、跳、跨、剪、丝,各种花样都能玩几下,换了别人的就不那么自如。又如踩高跷,自己做的一踩就上去了,而且感觉稳当,步履轻盈,别人的有时连上都上不去。一样,别人用我做的东西也不顺手。最得意的是玩枪弄箭,把枪箭射向自己感兴趣的对象,特别是打鸟,虽然射程和精准都无法达到,但也能吓唬它们一下。有时也把枪箭射向家里的鸡和猪,惹得它们乱跑乱叫。

就地取材自制玩具的例子还有很多。比如,用毛竹或水竹笋外面的叶子做"伞"。把竹笋叶子完整地剥下来,从根部白嫩的部分卷起一道，再卷起一道，再卷起一道，然后将卷起部分放松调整成一个三角形的圈子，再把这个圈子一点一点地撕开，一把小"伞"就做成了。菜园里的葱叶子也是做玩具的材料。摘一根葱叶子下来，掐掉两头，只保留一根不长的管子，就是一个"管乐"，放在嘴里一吹，就能发出葱香味的声响来。黄瓜也可以做成玩具。做菜用的黄瓜尾部切下来，把两个这样呈半圆状的黄瓜尾部对起来，用竹签穿起来，再在上半部分横着插一短竹签，就可以推动它转起来，我们把这叫推大磨。

用泥做玩具是农家孩子的基本功课，或者说玩泥巴是农家孩子的基本功课。城里的孩子玩油泥，农村的孩子玩田泥。田泥比油泥好，田泥有泥土的香味。我们经常从田里弄一些泥回来，像揉面一样将它反复揉搋，等揉"熟"了，就开始捏小人，捏猪，捏鸡。我妹妹还喜欢捏出碗、筷子和勺子来。我们把这些"工艺品"晾干，放在一个安全的地方，下雨了，还把它们搬回屋里，十分珍爱。有时不小心摔坏了，还要哭鼻子。有时也把自己满意的"作品"放到锅灶里烧，烧过的东西，硬度是增加了，但也变得黑黢黢的，如果烧的是"人"的作品，那么黄种人就变成了黑种人。

泥是玩具，石块沙土也可以是玩具。可以垒山坡，造陷阱，还可以用它们筑"水坝"。雨后，山上流下来的小股水流，正缓缓地顺着小沟流淌着。我们搬来小石块、沙土，在狭窄处截流。由于水流细，水坝很容易筑成，眼看着细流被截流，可高兴了，但"水库"的水位在不断地上涨，我们也不断地将"主坝"加高，最终，还是水厉害，无情地将大坝彻底冲毁，我们跟着水头向下游跑去，欢送着我们自己制造的一场洪水，直到看着它跌落在田坎下。

树枝小草也可以是玩具，和城里孩子用积木搭建城堡公园等建筑物一样，我们可以用树枝树叶树皮小草等来玩搭房子的游戏。不同的是买积木带图纸，我们这个没有图纸。我们的图纸在脑子里，我们居住的房屋在我们脑海里的印象，就是图纸。我们从灌木上扳下我们所需的柱子、椽子、树皮和茅草，选一块平地，把带有树丫的棍子立起来埋在土里作为柱子，一边并列3根，一共6根，中间2根高，两边4根低，把不带树丫的3根棍子横着加在柱子的树丫上，作为屋梁。再把带钩的棍子分两边钩在中间的高屋梁上，另一头搭在两边低一点的屋梁上，作为椽子。最后把树叶盖在屋顶，再压上树皮，算是瓦。房子就这样盖好了。房子盖好后，心里可高兴了，站起来鸟瞰，看不够，再趴下去朝屋里瞅，眼看了不算，还要伸手在屋里放一会，屋子太小，人进不去，就由手代表着在屋里待一会，享受享受劳动的成果吧。

小时候没花过一分钱买过什么玩具，但自制玩具不少，而且玩得十分开心，有些游戏到现在还记忆犹新。

一代又一代农民的孩子，就是这样在玩耍之中，去尝试、模仿、想象、创造，成长为一代又一代的农民，种植着一茬又一茬的粮食。可惜，随着时代的变迁，以上的玩具和玩法都在快速消亡，怕是没有谁能留得住它们了。

盘中餐（一）

我是个农村人，我把粮食看得特别的重。因为粮食得来太不容易了，不要说种粮的辛苦，就是收粮、储粮和对粮食的粗加工也都是十分繁重的力气活。

我们小的时候，农村还没有任何电动机械，全部农活都是手工。割稻、割麦，都要在田地里弯着腰一刀一刀进行。在地里割麦，麦芒能把胳膊拉成无数伤口，加上汗水的浸染，像是在胳膊上抹上了辣椒水，晚上洗澡更是疼得呲牙。在水田割稻，除了稻叶割肤之外，还有成群蚂蟥的叮咬，两条腿上尽是鲜血，甚至手上也有蚂蟥，但没有工夫理会。

割完了，还要全凭肩膀往生产队的场地上挑。麦子在旱地里，不易脱粒，要把一担麦把子挑上肩膀，可以先用撑担（一种包着铁皮的尖担）戳进一头，靠臂力上肩，再戳进另一头，靠移动肩头的撑担，借助杠杆原理，起动另一头。这个动作，一般男劳力都能完成。稻把子就难了。因为稻把是在泥水里，而且极易脱粒，因此起稻把子上肩不能启用挑麦把子的方式，是在地上用劲。它把一头戳起来提离地面之后，不能马上上肩，而只能是一只胳膊担着，另一只胳膊压着，再移动一段距离去戳另一头稻把，让两个离地且稻穗朝下的稻把平衡地吊在胳膊上，稳住脚跟，右胳膊用劲把右边的稻把向上悠，再左胳膊使劲把左边的稻把向左悠，最后，右胳膊再用劲使整担稻把上右肩。等于说，负荷着整个稻把子的撑担在胸前走了一个之字形的路线，才得以挑上肩膀。这还不是全部，最后还有一个诀窍，就是腰身必须灵活，在关键时刻要能矮下右肩迎着撑担准确担当。总之，一是要有劲，二是要技巧。整个动作要一气呵成，如果失败，就会有几斤甚至十几斤的稻粒被掼落泥水之中而白白浪费。一百四五十斤的重物要完全靠臂力巧妙上肩，这个活不是每个男劳力都行的，总有一些人因臂力不济或技巧掌握不好需要别人挑起来再移送到自己的肩膀上。

不仅起稻把有学问，捆稻把也有学问。会捆的人一是捆得结实，挑多远都不会散；二是落粒少；三是把子美观，尾巴部分翘如鸡尾。当然，挑稻把也有学问。挑行时，不同路况要有不同对待，上坡下坡、跨沟过河都有讲究，不同问题要有不同处置，换肩擦汗、避让行人都要适时。软地窄路时要把脚踩稳踩实，硬地宽路则要把步子走出弹性来，要使肩上的稻把忽闪起来，这样就不会很累。不管累还是不累，反正不能撂挑子，这是一条基本原则，是一条红线。实在太累了，有人就打"啊呵"，一声"啊——呵呵呵呵"，引来几十声"啊——呵呵呵呵"相和，一路上前前后后一二百米几十号人喊"啊呵"，声音颇为悦耳，场面堪称壮观。他们累，但他们的内心是快活的，因为稻把的沉重说明穗长粒满，而穗长粒满意味着他们就不会饿肚子！

那时我们还是半大的孩子，挑担的事情从来没有干过，我们只是割麦、割稻，人家捆麦把稻把时，我们为他们递送。那些关于起、挑稻把的技巧，都是兄长们教的，我们只是拿着空撑担练习过。

庄稼从地里收到场地上，下一步就是脱粒。不同的农作物有不同的脱粒方法。比如小麦，就是把它铺到场地上，用连枷人工击打，我们叫打麦，这样的活一般都是妇女们干。她们或排成一排，连枷同起同落，或相向两排，连枷你起我落。边打边移，有说有笑，看她们的样子不像是很累，但当我举起连枷时才知道，把一个十斤八斤重的连枷举到空中，就是一个力气活，何况同一个动作要反复一天几天，难怪好多男人都不愿打连枷！

打麦是女人的事，打稻则是男人们的事。稻把子从田里挑回来，紧接着就是铺场，即把稻把解开平铺于场地。待整个场地都铺满了，一股浓浓的稻草的香气从场地升起和扩散，这个时候是最享受的时候，我们这些半大的孩子在上面追逐、摔跤、做鹞子翻身，一直玩到水牛拉着石磙上场，我们才回家吃晚饭。

晚饭后，全体男劳力再一次出动，给稻禾翻身，让牛再拉着石磙打一次，然后是除去稻草，两人一组，用抬杆把它们抬到村口处择时搭垛成堆，这是牛的过冬饲料。接下来就是往一起收稻，将满场地的稻谷归拢，这一切都要连夜完成，一般都要到深夜两三点。人们回家睡上一个时辰，就又要起床下地，第二天的劳作四五点又开始了。双抢时节，就是这个样子。

稻子打下来之后，就是晒稻。白天要把小山似的稻谷用大板锨拉散摊开到整个场地，晚上则要把它们归拢起来堆成小山。为什么要如此折腾？就是因为夜间地上有潮气，天上有星露。最关键的还是怕有暴雨的袭击。打稻的天要是遇上暴雨，那就是一场天大的灾难。白天还好对付一点，夜间就更可怕。到手的收成，不能在场地上惨遭损失。所以每天都必须有摊开收拢的两道工序，确保万无一失。

如是几天，等美美地晒上几天太阳之后，接下来还要扬场，即用扬锨一锨一锨把稻谷扬到空中，借助自然风力将瘪稻吹出。一锨稻谷六七斤重，硬要高高地洒向空中，在空中划出一道金色的弧线，沉甸甸的稻谷落在远处，而瘪稻则落在人的近处。最后还有一道程序就是用风婆再精选一次。风婆就是木质的鼓风机，上面有一个大漏斗，下面有一个可以操控的闸口和一个手摇的风扇，从漏斗漏下来的稻谷，经过风扇吹出的风的劲吹，饱满的稻谷从风婆中间垂直漏出，瘪稻则从风婆的出风口被吹出。

到了这一步，算是真正的产量了，在交够农业税之外，就是分给社员的口粮了。

盘中餐（二）

到家的粮食还只是粗粮，还需要进行系列加工，才能下到锅里，吃到嘴里。我们就以稻子为例吧。

加工稻子的第一道工序是檑（lěi），即把稻壳去掉。其工具叫檑子。檑子是用竹篾编成的上下两扇竹圈，口大底小，然后再筑上泥，这泥是由黄泥、石灰、糯米饭和桐油混合捶打合成的，结实得很。上扇口大的朝上，只筑一半泥，留一半空间装稻谷。口小的一头筑成平面，中心装一个纽扣大小的铁窝窝，再留一个酒盅大小的贯通洞孔，当然还要装一个伸出来的木柄。下扇口大的朝下，安有四条腿，泥土筑成的平面的中心装一个凸起的铁榫，安装时插入上扇中心的铁孔里。上下两扇接触的平面都镶嵌着一条条细细的木齿，木质自然要求坚硬耐磨。安装成功后的檑子有点像篆体"福"字，也像赵匡胤的"胤"字。使用时，把金黄的稻谷倒入上扇的空处，用人力推动磨担转动木柄，使檑子上扇做圆周转动，通过上下两面的木齿的压磨，把不断通过贯通洞孔漏入其中的稻谷剥壳，露出洁白的米粒来。

檑好的米是和稻壳在一起的，还要簸去稻壳。我们家乡把稻壳叫粗糠，用来烧锅、煨粪、和泥墙或腌制鸭蛋。

檑出来的米还是生米，还要将它舂成熟米，熟米煮饭，口感更柔味道更香。舂米的工具叫碓窝，是一块大约一立方米的四方巨石，中间凿出来的一个石坑，把生米放入其中，两个人抡起同样是石头雕凿而成的碓头，轮番舂砸数百下，直到生米再出一层细糠来，手插进去有一种绵绵感觉的时候，大体就算是舂熟了。我家的碓头每一个约二三十斤重，要把它完全举起再准准落下，而且接连数百下，两臂没有一点肌肉是根本不行的。碓头每落下一次，家里的地面都要轻微震动一下。可见那个落锤的力量。反正我在当兵之前一直就没有舂过来。

舂出来的熟米再经过糠筛筛去细糠，就可以下锅煮饭或者熬粥了。细糠年丰时喂猪，年歉时则做成糠粑粑吃。饥饿是最好的味觉培养基，灾害年代里，糠粑粑的味道比现在的所有面饼都要好吃。在我所处的年代里，农民吃寡米饭白米粥是稀少的，大部分时间，都要掺上一些蔬菜杂粮。我家的米饭里常放有白菜、豇豆等，我最怕吃南瓜米饭，甜不唧唧的，烂不塌塌的。遇到这时我就抱怨我的母亲。母亲不说话，父亲说："等你长大有南瓜饭吃就不错了。"小时候只要我嫌弃某种吃的，父亲老是用这样的话回我："你长大能有某某吃就不错了。"作为一个世代的农民，他这话是对的，他的担心绝不是多余。

米也可以磨成米粉，那是在丰收之年，磨一点米粉做汤粑粑吃，改善一下生活。这说的是籼米。至于糯米，则更是以磨面为主，磨出来的面做汤圆。糯米是带水磨的，从磨子里流下来的是米浆，用大盆接住，用青灰将水赤尽，再晒干收藏。正月十五的元宵就是用这个糯米面做的。老家把元宵叫"汤果子"。我们一家都特别喜欢吃汤果子。

　　磨子磨米是偶然事件，磨子主要是磨麦和玉米的。老家把玉米叫"六谷"，大概因为玉米是在"五谷"概念形成之后才引进来的粮食品种吧。磨子的外形和工作原理与砻子差不多，都是上下两扇，阴阳相合，外有把柄，内有磨齿。不同的是它全部由青石打造，重量要比砻子大得多。因为砻子只需通过摩擦使稻谷去壳，磨子则需要把麦粒碾成齑粉。

　　我家砻子、碓窝和磨子都有，常年都有邻居前来借用。来时我们家人只要有空还要帮一下手。有一天下午我放学回家，老远又听见家里的磨子在响，还伴有清脆的说笑声。进屋一看，四个大姐姐趴在磨担上一起推磨，我母亲则做在边上添磨。谁呀，从来没有见过的陌生面孔。后来才知道，她们好像是安徽农业大学下来实习的女大学生，至于怎么来到我家就无从知晓了。只见她们青春勃发，活力四射。她们还一边推磨一边唱着歌，声音婉转甜美，余音绕梁。当时不知她们唱的是什么，后来我才知道，她们唱的好像是江南的采茶小调。光阴荏苒，如今她们可能都是80岁左右的高龄了。感谢她们当年帮我家推磨，但愿她们一个个都健康长寿！

　　稻砻出来要籭，麦类和玉米磨出来要筛。筛子上面的叫麸子，下面的叫面粉。我们老家的面粉，绝大部分是打成面糊糊吃了，老家把面糊糊叫"糊汤"，小麦糊汤六谷糊汤伴随着我的整个童年。至于"小麦粑粑""六谷粑粑",则是完全意义上的奢侈品。

　　我留恋各种"粑粑",也同样留恋各种"糊汤",它们一起给了我营养,它们一起给了我乡愁。

过年（一）

农村人对过年的讲究，是城里人赶不上的。就如同城里人的富有，农村人赶不上是一样的。我们小孩子就盼着过年，因为过年有好吃的，有好玩的，有好看的。

一到腊月，农村就开始准备年货了，腊八之后，渐入高潮，而在小年过后，似乎就进入最后冲刺的阶段了。

正常年景，做糖几乎是大部分家庭都要做的一件事。我家也不例外。做什么糖？红薯糖。大体上分三步：第一步是熬糖。把红薯洗净切碎，放入大锅里煮得稀烂，在兑上水搅匀，将其舀进白土布兜里进行挤压去渣，去渣后的水再放入锅中进行熬煮，等水分熬干了，剩下的就是红彤彤的糖稀。第二步是吻糖。把糖稀分开若干部分，再将炒熟的芝麻、花生或者米花分别放入，进行搅拌，使之均匀。不过要快，因为天气寒冷，出锅的糖稀一凉就要变硬。第三步是切糖。趁糖稀还没有变硬的时候，刀背和木槌并用，把其捶打成细长条状，再用刀切成片片，芝麻糖、花生糖、米花糖等各种糖块就做成了。这就是农家过年必备的糖块，到时拜年的客人来了，将它和花生、瓜子一起，供客人享用。我们小孩一年到头只能在这个时候吃上糖，那个馋劲就别提了。早在糖稀刚出来的时候，就急吼吼用筷子缠着吃上了，烫得要命，也顾不得了，结果吃得满嘴唇都是，不停地用舌头往里舔。

做豆腐也是年前的一件大事。从泡黄豆那一天起，孩子们就开始盼望了。磨黄豆、烧浆、筛浆、点卤到压箱的全过程，我们都始终在兴奋中，在好奇中，在香味中，在幸福中。豆浆烧开了，煮沸了，锅灶下就要熄火，有意让它降一点温。等到豆浆表面开始凝固时，用长竹条从中挑起来，挂在事先准备好的地方，晾干了就是豆皮。好神奇啊！豆皮包瘦肉末是年饭里最好吃的一道菜。筛浆也好玩得很。在房梁上吊一个水平十字架，（这个东西是专门为筛豆浆而做的，没有的话临时用相等的两根木棍捆成十字也行。）用一块正方形的大老布的四个角分别系在十字架的铁环上，形成一个大布兜。把豆浆舀进布兜里，两只手分别抓住十字架的相邻两头，进行颠簸式的晃动，动作既不同于筛，也不同于簸。筛簸的动作就很好看，这个比筛簸动作更好看，两手运作起来很有几分像蒙古人跳摔跤舞的动作。双手上下用劲，身体也跟着左右晃动，像是十字架在大海的波浪里颠簸，带动鼓胀胀的大白布兜在下面晃悠，白色的豆浆潺潺地在兜底流淌，滴到桶里发出叮当的响声，像柴草掩映的山泉。接着就是点卤了。点卤人就像是魔术师，把磨好的适量熟石膏小心地一点点地放到豆浆里，不停地慢慢地搅动，并不时地舀起一点来进行观察，小孩子没有这样的耐心等待，往往就玩别的去了，等回来的时候，刚才还是一大缸的豆浆就都成了豆腐脑，神奇极了！这时如果身边有老人或客人，一般都会乘热盛起一碗给他们喝。孩子则不让喝，说孩子喝了就会油住脑子读书不聪明。接下来就是最后一道工序——压豆腐。把豆脑舀到豆腐箱里，盖上白老布，再盖上盖板，压上大石头，一段时间后，一整板如玉一般的芳香诱人的豆腐就做成了，只要用刀子把它切成块状，就大功告成了。

　　过年最刺激的事是杀猪。杀猪不是每家都有的事，一般说来，一个十几二十户的自然村，一年也只有一两家有猪可杀。所以在农村，这也算得上是件稀罕事。孩子们就更为好奇，往往谁家要杀猪，老远都要赶过去看热闹。

　　我二伯就是方圆十几里的一个著名杀猪屠户，手艺极高。二伯看上去像个文人，身材纤弱，性格温和，说话轻声慢语，一点也不像一个屠夫模样。就连杀猪的动作也文质彬彬。几个帮忙的人把猪逮住摁在杀猪桶的门板上，猪嚎叫着挣扎着，他不慌不忙取出尖刀，左手摁住猪头，右手在猪脖子下方摸一摸，然后将刀拿起来——这个时候是我们孩子们既想看又不敢看的关键时刻——似乎并没有过于用劲就把刀捅进了猪的脖窝，略停几秒，再把刀拔出来，立即就有鲜红的血从刀口处喷涌而出，流入早准备好的木盆了。不一会儿猪就停止了挣扎和嚎叫。二伯经常向人自诩，他杀猪必然是一刀直指心脏。接下来就有助手将门板去掉，猪就"咚"一声掉入门板下的杀猪桶里，身上被套上一根大粗绳子，早就烧好的几大桶开水被从屋里抬出来倒入桶内，二伯命人拉动绳子让猪在开水里滚动。一股难闻的猪臊气开始弥漫，掩盖了刚才的血腥。一段时间，二伯开始检查效果，他从猪前方的脊背上拔起猪鬃，接连拔了几把放入他的家什篮里，这个东西到街上能换钱。助手们将猪捞出放在重新架好的门板上。二伯提起猪的一只前脚，用刀割破一个小口，再拿起猪挺杖，就是一根二拇指粗的长长的尖头铁棍，从此脚破口处分别捅向其他三脚，然后弯下腰，用嘴咬住破口的皮，一口一口地向里吹气。猪的身体慢慢地开始鼓起来，直到吹得圆鼓隆冬，再也吹不进去为止。这可是一项绝活，一般人甚至一口都吹不进去。二伯那样的行家，脸也憋得彤红。接下来就是刮毛。刮完毛的猪白生生圆滚滚的，四只小脚的蹄子也被揭去，露出红红的尖尖的小指头。下一步就是开膛了。让猪仰面朝天躺着，猪的乳房像大衣上的两排纽扣，可惜从来没派上用场。尖刀从两排纽扣中间直端端划过，一股内脏之气顿时在空气中散了开来。开膛后先取板油，再拿心肝肺肾。每到这时二伯都要把猪的心脏拿出来，给人展示他刚才从脖项捅进去的刀尖留下来的刀口，不深不浅，不偏不倚，正好在那心尖尖上。这是他最得意的时刻，脸能笑出花来。接下来到了扒开胃肠的时刻。猪的肠胃体积真大，满满地装了一大洗澡盆！这时的猪就只剩两扇带骨的肉了，二伯按照猪主人的意图进行分割。一般都是其中的一半要背到镇子的收购站上去卖的，家里还有一些贵一点的生活必需品要添置。

大部分没有猪杀的人家，这时候一般也要过来买几斤肉回去，一是为了过年，二也是来捧个场。毕竟杀猪在乡村也算得上是一件喜事。就是没有买上，前来搭讪几句话也算是到了场。

杀不起猪的，过年也要杀几只鸡鸭鹅什么的。素菜也在加紧准备，几乎家家都要炸豆腐果做糯米饭包圆子，还有花生瓜子也要炒出来，也还要挑几担大柴上街卖些钱买点粉丝千张什么的。除了准备吃的以外，有的妇女们还在加班加点赶做新鞋，纳好的

鞋底才绱了一半呢。裁缝师傅这个时候则忙得撒尿的时间都没有，人家都要等着穿新衣服过年呢！孩子们也在准备新玩具。刚刚杀的大公鸡，那毛有多好看，赶快做个新毽子，正月里好和小朋友踢比赛。

　　总之，进入腊月，年味就一天比一天浓，整个山村被一种幸福和甜美笼罩着。虽然是严冬，但人们并不感到特别的寒冷，甚至有一种热乎的感觉。特别是孩子们，连走路都是一蹦三跳。有人已经跃跃欲试，甚至从大人买回的鞭炮中偷着拧几个出来，先放为快，即便被大人打一巴掌也觉得值。"大人盼买田，孩子盼过年"，这话一点不带掺假的。

过年（二）

天天掰指头算天数，终于把大年三十给算来了。

没想真盼到了这一天，人们反而安静下来了，谁家都没有大的动静。明显的是各家早饭都开得晚了。母亲告诉我们，早饭晚点，中午照大对（简单对付一下），为的是空下肚子吃年饭。

写对联是最后一天的事了。打我记事起，最早我们村写对联的是阳山的松之表叔。他读过几年私塾，高度近视，是我们那里戴眼镜种田的唯一一人。做人中规中矩，毛笔字写得中规中矩。后来是我二哥，有时大哥也写一点。都是义务的，不收一分钱。再穷也要贴对联，这是规矩。不过也还真有买不起大红纸的。所以我哥每年除了自备笔墨之外，还要倒贴不少红纸。不过，他从来没有看不起谁过。带纸不带纸，他都一样对待。一般到这个时候，我爸都要到跟前瞄一眼。有时还要亲自关照前来求写对联的人，甚至倒茶递烟。他早年请人家写对联，人家不十分待见他。

有一年，写字先生让他帮忙把他所写对联上的墨迹在火盆上烤烤干，恰有寒风吹来，担在板凳上的对联飘入火盆被火烤糊了一张，结果被先生骂得十分难听。父亲就此下了决心，以后再穷，也必须让孩子念书！所以，哥哥给人义务写对联，他是高兴得很的。

一般下午四五点钟是贴对联的时候，不能太早也不能太晚。要躲债的人家才早早贴对联。总是母亲打浆糊，父亲亲自张贴。大红的对联一贴上，气氛立即就喜庆多了。儿时不知道对联上写的具体是啥，但知道都是吉利的话。反正红纸黑字，就是喜庆；崭新平整，看着舒服。

这以后，母亲开始正式做年饭，姐姐妹妹在一边帮忙。父亲则带上我们弟兄几个上山给祖先烧纸。太阳已经悬在山口，四处的山上都有青烟冒出。这是人们在给他们各自的祖先烧纸，年终了，烧点钱过去表表心意。坟里的老人我们没见过，但见父亲虔诚的样子，我们的内心也都充满着悼念之情。父亲烧纸时还要在纸堆外面画一个圈，只留一个缺口直对着坟头。最初的不解到后来有了答案，原来是怕给先人的钱被外人抢去。当初我不明白：他家的后人不也在给他烧纸吗？干吗要抢别人的呀？父亲解释说：不是人人都有后哇。这句话，成为我长大后才知道的"不孝有三，无后为大"古训的最初注脚。

上完坟回来，一般天已近黑了。父亲从楼上找出一年才用一回的两个纸糊的灯笼，打打灰，安上蜡烛点燃，挂在大门的两侧，那是给祖先照亮，让他们回家过年。父亲总告诫我们不要吵闹，以免惊扰先祖的魂灵。

由于事先准备充分，做起来也快，差不多一个时辰，十几个菜就渐次摆上饭桌。鸡鸭鱼肉、千张粉条、豆腐鸡蛋、糯米圆子，这些在平时只有来了稀客或请了匠人时才有三五个的菜肴，今天一起上了。大方桌摆得满满的，再放上八大碗米饭，挤得酒盅都没处放。中间还放了一个炉子，木炭松果已经点燃，红彤彤的，成了全桌的中心。上面小锅里的汤汁咕嘟咕嘟冒着泡，香气催人直咽口水。早就饿了的肚子也在咕咕直叫，想上去用手钳一块肉吃，但却不敢，因为还有一件大事没有做，那就是请祖。

这时父亲总要拿出蒲团，拍拍灰放在方桌下沿的地上。对着放满饭菜的方桌小声说：请祖先用饭！然后全家按长幼跪下磕头。磕头完毕，人员离开，让祖先用餐。约莫半个小时，估计祖先吃完散去，家人才得以上桌，米饭都凉了，还得撤回厨房再热。

年饭过后，父亲开始在厨房生火。用锅灶里的炭火把在山上挖回来的大桩头根慢慢引燃，一家人围着火塘烤火。火塘红红的，照着一家人的脸庞，空气中散发着柴烟味。那应该是一年里最幸福的时刻，可是孩子们却有些坐不住。特别是到了十来岁以后，都有了自己的朋友圈，这时大都找邻居玩去了。

有一年我在邻村兴民老表家打扑克。打"四十分"。四个人围着饭桌，一人一方。虽然没有一分一厘的物质刺激，但年轻娃娃的争强好胜之心却是无尽的动力。全神专注，兴致极高。只是天气太冷，脚冻得有几分受不了。开始脚还搭在火篮子上，时间长了，火篮里的火都化为灰烬，脚就开始冷了，单布鞋来时踩在雪地里还是湿的，无法穿，就凭一双单袜在那里抗着严寒。已经是下半夜了，在一旁看我们打牌的表妹兴桂，说给我的火篮加点火去，她从我的脚下移去火篮，半晌回来又放到我的脚下，我立即感到我的脚热乎不少。

天快要亮了，赶紧回家睡一会儿吧，初一还要挨家拜年，可

二、童年记趣

099

不能没有精神呀,大家恋恋不舍地放下了牌。当我穿鞋时才发现,我的一双袜底都是透湿的,再一看,火篮的钵子里满满一堆雪!原来小桂子给我脚下放的不是火而是雪,我却浑然不知。

开门出来,清新的一股寒气。看看东边山头,已经有了基本的轮廓,天真的有点亮了。

啪啪啪啪!远处已经有人放炮了。

过年（三）

　　大年初一，早起放炮，家家如此，也是孩子们最喜爱的节目之一。特别是男孩，放炮几乎就是我们的专利。一大清早起床，脸也顾不上洗，就把挂鞭卷解开来，缠绕在水竹竿上，拿上火柴（我们小时候还叫"洋火"），就往屋外跑。哥哥则在后面喊停，他点上一支烟，让我们拿着，说这样安全一些。其实，他也想放，只是鞭炮就那么一小挂，放完了就没有了，他们就让了我们。紧紧张张地把捻子点燃，赶紧跑开。劈劈啪啪一阵过后，响声四散消失在群山之中，空中一股火药味却要比响声待得长久，小时候很喜欢闻这种香气。看着地上一片红黄交织的碎纸片，心犹未尽。多希望再有一挂，再有多挂，但那是不可能的。乡里人可不能比城里人，有这么一小挂鞭已经不错了。还有补救的办法，就是赶紧在碎纸片里扒拉，看能不能找到刚才没有引爆的个别鞭炮。一般总能找到那么几个，捻子没了，但身子还是圆滚滚的。我们把它捡起来，掰成两截放在石头上，再点火，这时就会从两截里分别发出嗤的响声，相对冲出白色的光。别看每家只有一小挂，家家都放，早上就响声一片。山区的冬天，本来十分安静，爆竹声显得格外响亮，好几里远都能听到，加上四周大山的回音，声音就被几倍的放大和延长。爆竹声此起彼伏，彼此呼应，给山区带来了巨大的新年喜庆。

　　吃过早饭，拜年就开始了。初一的拜年不是一对一的走亲戚，而是几个人组成一个小小的团体，成员不特定，随意组合，到谁家也不特定，不挑不拣，也不带任何礼品，空着手走家串户。我到你家你到我家，你到我村我到你村，实际是乡亲之间相互的团拜。唯一的原则是不要轻易漏掉一家。家家也都有足够的准备，随时欢迎客人的造访。不怕来的人多，就怕别人不来。每到一家，客人都是拱手道贺新年愉快，主人自然都是笑脸相迎，散烟倒茶，请吃各家自制的糖果，格外客气。主人家地方大的，一般就坐上一会，说上一会话；地方小的，站一会就告辞了。小孩子跟在大人后面，主人一般不发香烟，而是请吃糖果花生，有的出门还要抓上一把强塞进你的衣服口袋。没过几家，我们小孩的口袋就装得鼓鼓囊囊的。

　　初二一般是拜新位，就是去年家里有老人刚去世的，亲戚晚辈今年要去叩拜新的牌位。

　　初三才是正常走亲戚，看望长辈老人。也就是说大规模的拜年正式开始了。南来北往的，路上走的都是拜年的人。人人都提着礼物篮子，都是猪肉、鸡鸭、挂面、红糖之类的贵重物品。认识不认识的人，对面都报以微笑，打个招呼。每年到这一天，我都是这个路上的行人之一。不管是雪天还是晴天，不管天有多冷，看到这种场面，我都感到春天确实是到来了。我心里想，这个时候如果没有亲戚可走，该是多么的悲凉！

中国农民没有星期天这一说。一年下来，难得只在正月里有这么几天休息。村里人特别是青年人就组织打扑克。小时候我们老家流行的是"抹小开"，就是用扑克代替麻将，打法和麻将基本一样：相连的三个点为"铺"，相同的两个点为"头"（将），三"铺"一个"头"即为"开"（胡）牌。一般都有点小刺激，不准现钱，香烟代替。输了的要给"开"了的一支烟。过年再抽"白纸包"（8分钱一包）不好意思，所以人人口袋都装着"大铁桥"（1角4分一包）。"大铁桥"甩来甩去，最后都成了空筒。我自小就会抽烟，所以有时他们也让我参加。由于技术不高，我打牌基本上是输多赢少。有一年在我大舅母家玩，一上午就没"开"过牌，又气又恼，实在憋不住，竟然号啕大哭，惊天动地，吓得我大舅母忙赶过来问明情况，安慰我说不要紧，叫你老表再给你买去，我哭着解释，不是烟的事，不是烟的事！她老人家以为我是受了委屈，把同桌的人数落得灰头土脸，我更加摇头否定，她才明白我是要强的心在作祟，拉着我的手说："他们欺负小孩，不跟他们玩了，洗手吃饭去！"

我最爱的小镇

　　河棚镇是距离我家最近的小镇，也就三华里路。她是我涉足最早的小镇，认识最早的小镇。小镇是区政府和乡政府（后来是公社）所在地，是方圆几十里范围的经济、政治、文化中心。

　　关于河棚镇的历史，我并不清楚。前文说到朱皇店，假如朱皇店就是她的前身，到现在就有600年的历史了。但这种传说得不到半点地面或地下物件的印证，河棚镇上连一块青石板都没有。也许是多次火灾洪水的缘故。但从地理位置来看，小镇的历史不应该太短。

　　以前的人们并不叫她河棚，而是叫她王家畈。在我们大别山区，能称作"畈"可不得了，说明这一块地是一块较大、平整、田亩较多的地方。田畈十来平方公里，四面环山。如果说田畈是盆底，四周的山就是盆沿。镇子就坐落在田畈中央，一条大河像一条玉带从她一侧流过。河水清澈，鱼游虾奔。

河棚大概就是河边的棚子的意思吧。确实，在我记事时，镇上大部分都是茅草房。主街沿河而建，南北走向，大约一华里的长度。本来应该是直的，可在中间偏偏拐了一个三五米的小弯，可能是为了曲径通幽吧。整个街道也以此分为上街头和下街头。像大部分南方街镇一样，街道地面都是鹅卵石铺就，虽然走路有些硌脚，但却十分干净，不积水不起尘。

街道不大，但作为乡下小镇，在当时却也肝胆俱全，机关、学校、医院、邮局、百货、饭店等一应俱全。

作为孩子，我们打交道最多的是供销社，我们经常奉父母之命拿鸡蛋去那里换食盐和洋油（煤油）。平时没事也到街上到处逛，也去过饭店，不是吃饭，纯粹是看热闹。跑堂的是一个三四十岁的男人，姓石，光头，块大，肩膀上搭一条大手巾，不停地叫喊，为客人送菜倒茶。有一次客人走后，我看到他将剩饭剩菜就站在那里狼吞虎咽地吃了。他的这个举动，给我印象极深，终生难忘。邮局就一个职员，人家都喊他老胡，说话笑吟吟的，一天到晚穿着绿色制服，背着个大邮包整条街跑，递送报纸信件。修理铺的掌门人叫徐令友，凡五金之类，什么都会修，据说本事大得很，能造枪。他的手上一直是油污，脸上也一直有乌云，印象里没见他露过牙齿。洗澡堂子也花5分钱洗过一回，记得是有一年过年之前。那时花钱去澡堂洗澡，算是开洋荤。平生第一次和那么多大人光溜溜地在一个大池子里泡澡，感到特别新鲜。就是水的颜色不是清的而是乳白色的，整个澡堂全是洋皂（肥皂）水味。可能是屋子密封太严，空气因水蒸气太多，也呈乳白色，人的影像有些模糊，颇有些仙境的感觉。

镇子不仅仅有比较齐全的服务行业，还有铁匠铺子、裁缝铺子、木业、竹业、造纸等一批传统手工业。最大的手工作坊是油坊，周围十里八乡的茶籽油菜籽都在这里榨油。油坊在正街的东边，是我们看热闹的重点去处，因为那里老远就能闻到油的香味，特别是芝麻油，香死个人。再就是那些榨油的工具和方法，别的地方看不到，有新鲜感。一个石碾，大概有五六个簸箕大，像一个巨大的圆饼立在碾槽上，一条大牯牛，体型差不多是一般水牛的两倍，浑身油光光的，两个大眼睛灯盏窝似的，偌大的石碾就是在它的拉动下沿着碾槽作圆周运动，把茶籽菜籽碾成细末。最吸人眼球的是榨油。几个壮汉光头光膀子光腿光脚，就一条土布大手巾系在腰间，一起操纵着榨杠，先是退出，几步之后，再快步前进，狠劲将榨槌冲向榨箱，箱内的油在榨槌的撞击下汩汩流出。如是反复，直到榨干为止。他们一边动作，一边喊着号子："油来着——咔嗤！"好像"油来着"是前进，"咔嗤"是出手。这在当时要是有照相机或者手机拍摄下来，怎么都是一幅上等的"油画"。

　　镇子上还有一个造纸厂。河里经常听到有人捣纸浆的声音，筌咚！筌咚！节奏缓慢，沉闷悠远。那是一根粗长的木棍，一头套着一个大布口袋，泡在水里，里面装满造纸浆的原材料。之所以要在水里泡捣，可能一是为了碎化，一是为了去色。我们曾偷偷地在河边试着捣过，只因力量太小，布袋一动不动。我们也曾看师傅们捞纸，一个长方形筛子在浆箱里荡悠荡悠，捞出来的就是草纸一张，就像玩魔术似的，好看得很。

　　伞厂也是我们经常去玩的地方。伞匠姓化，四五十岁的样子。我们喜欢看他在院子里染伞上油的样子：把纸伞倒放在怀中，左手把着纸伞的边沿，右手拿着一大团布，在木盆里蘸上和了朱红颜料的桐油，给伞上油。关键是他的动作，不是涂抹，而是揉搓，就像给孩子擦澡。伞在他的怀里慢慢地翻滚，朱红的颜色不断地扩大，直至全部染红。上完油色的纸伞油光闪亮，一把一把地晒在院子里，整个院子弥漫着一股桐油的香气。

最吸引我们孩子的是下街头河滩里，偶尔才有的文化活动。最受孩子欢迎的是杂技和猴戏，五六丈高的梯子，每一个档子都是一把白亮亮的刀，表演者光着脚丫子没事人似的上到顶端，看得我们都不敢喘气，在心里帮他憋气，生怕他哪一口气没运好，让刀切进脚板腰。猴戏更好看，看那些猴子在主人的指挥下做各种动作，开心得要死，在开心的同时，也对不断被主人鞭笞的猴子感到心疼，最开怀的是猴子对主人的反抗，跳起来把主人头上的帽子揭下扔掉，甚至拿棍子追打主人，笑浪淹没了整个场子。我们也喜欢看演戏，但孩子们主要是看热闹，对剧情反而关注不够。

到我们大一点的时候，区公所（区政府）的大院子里开始有了电影，我们又有了新的期盼，老打听电影消息。放电影的师傅姓包，清清瘦瘦的，年纪不大，但人家都喊他老包。他经常是一边放一边给人讲解剧情。我们有时也一边看电影，一边瞅着放映机，感到十分神奇，那么个细长匣子怎么就把人影放了出来？有时电影放到关键时刻，片子烧了，大家轰地一声，齐刷刷扭头看老包接胶卷。看电影是我们小时候最开心的事，一听说有电影，老早就跑去。由于消息不准，难免有时跑空。看着那黑黑的空空的放映场，那个扫兴就别提了，好几里的晚路都不知是怎么走回来的。

小镇的道路四通八达，上下左右，东西南北，来来往往的人

二、童年记趣

107

很多，特别是过年过节，更是人头攒动。上街的人大都不是空手，不是挑着就是背着，荷山货而来，采"洋"货而归。不仅陆路繁忙，水路也颇热闹。大河上游好几个乡镇的人，往往通过竹排往下游运输物资，主要是药材、茶叶、干果、木材等，河棚是他们必经之地。他们的货物除了在河棚上岸之外，还可以通过下游的心开河、乌沙河、老梅河、杭埠河到达三河古镇。他们放排一般都要组成一个较大的阵容，往往都是十来个排一起放来。竹排一来，河边上就热闹起来，看热闹的，买干货的，人声鼎沸。1958年，县城到镇子上的公路修成通车，大批的农副产品通过货车运往外地。没过几年，客车也开始运营。所谓客车，也只是解放牌货车，上面加一个帆布顶棚而已。人们可以坐车赶路，实在新鲜得很。我们孩子也喜欢到跟前看热闹，看司机到驾驶室一鼓捣，车子就轰地一下响了起来，一声喇叭之后，车子就滚滚而去，留下一道灰尘。这时我们就跑起来，追赶着闻那汽油的香味，直到汽车没了踪影，汽油味道散尽。

动物的爱情

我小时候的兴趣之一就是观察动物，特别是野生小动物。农村是天然的动物园，天上飞的，水里游的，地上跑的，草里蹦的，应有尽有。它们的存在不仅激发了我观察动物的浓厚兴趣，也为我的观察提供了极好的条件。

关于儿时观察到的小动物以及它们的行为，实在太多，一时也说不完。它们的所作所为，太多的印象在脑海里，历历在目，挥之不去。这里先挑几件有关动物爱情的事儿说一说。

都说人有人言鸟有鸟语，一点都不假的。不要以为语言是人类的特技，没有那回事，人和动物的区别不在于有没有语言，也不在于语言的多少。动物有语言，只不过我们听不懂而已。

有一天我在教室自习，偶然听到窗外有鸟的叫声，而且声音特别，平时没有听过的样子，引起了我的好奇，不由得扭头看去。原来树上有两只麻雀，各自蹲在各自的树枝上进行对话，距离不过一米。对话的音节比平时叫声的一两个音节要多很多，其中一只的声音还有些古怪，胸和腹的共鸣腔好像要打得开一些，因而音色听起来并没有平时那样的清脆。对话时的躯体动作幅度不大，双方的眼睛都紧盯着对方的眼睛，显得十分郑重和专注。对话的时间大约分把来钟，体大的那一位就飞上了较小的那一位的枝头上，好像交了一下颈，就迫不及待地踩上了它的背。

这时我才恍然大悟，原来它们刚才是在谈恋爱！天哪，怎么没注意听呢，它们到底说了些什么？后来我想了好长时间，大概能猜出一点意思，多希望能再听一次，印证一下，可惜这样的机会永远没有了。我的猜想如下：

"嫁给我吧。"

"……凭什么？"

"今年庄稼长势特好。"

"打岔吧，我是说住的地方。"

"我刚刚占了一孔墙洞。"

"你愿意和我一起喂孩子吗？"

"必须的。"

"你捉虫子的水平怎么样？"

"一般一般，排名第三。"

"贫吧，你。"

"你就答应了吧，保证不让你受苦。"

"让我想想。"

"还想什么呀？"

"看把你急的！"

"能不急吗。"

"你好坏！"

大不了也就这些内容了，找公冶长来也差不多就这些内容了。动物不像人那么复杂，拐弯抹角的。动物要学人谈恋爱就活不成了，当然，人要学动物谈恋爱也有点不像人了。

如果说刚才那麻雀小伙是用语言求婚的，那么这一位蜻蜓先生就是用舞姿求婚的了。

太阳已经搭上山口了，仲夏的黄昏即将来临。成群的蜻蜓出现在池塘的上空。大型的集体舞会开始了。蜻蜓们穿着大红的上衣、金黄色的长筒袜，展开透明的细长的双翼，风度翩翩，温文尔雅，在夕阳的照射下，明亮耀眼，熠熠生辉。它们在池塘上空飞舞着，表演着各种飞行技巧，或俯冲，或拔高，或漫步，或急驰，或悬停，或翻滚，或你追我赶，或齐头并进，或长距离划着弧线，或短时间急促调头，看得人眼花缭乱，目不暇接。

直到太阳完全下山，蜻蜓们才慢慢散去。这时你会突然发现，空中出现了惊人的一幕：有蜻蜓在空中表演双飞！先是颜色更红一点的在前，颜色淡一点的在后，前面的用它像钳子一样的尾部夹住后面一个的颈部。后来则变成一个在上，一个在下，上面的依然用尾巴夹住下面的颈部，而下面一个则弯腰把自己的尾巴紧紧地贴在上面一个的腹部，二位用身体在空中构成了一个不太规则的圆环，双双展翅飞翔，俨然是一场高空杂技！现在回忆这种场景，在整体上我甚至想起了飞机的空中加油，而在局部上，我还想到水泥罐车的管道在给空中楼层加灌水泥。

黄昏时刻，池塘被晚霞染得通红。水面上，有蜻蜓在单独作业，那就是蜻蜓点水。它先在水面上空徘徊，选准了方位之后，一头俯冲下来，在即将接近水面的时候，头又猛地拉起，使尾巴点到

水面，将平静的水面激起三五道涟漪。这个在晚霞里书写U字的动作会反复数次，每次都做得那么精准那么利落。

小时候看的时候，觉得蜻蜓是在玩水，大了才知道，它们是在生产爱情的结晶。而在此之前的空中集体舞会，则是蜻蜓们在谈恋爱。小小的昆虫，将爱情演绎得那么浪漫，那么精彩！

动物的悲情

如果上篇说的是动物的爱，这一篇再说说动物的死。这里的死，不是自然死亡，而是遭到杀戮被迫致死的那一种。

先说猫捉老鼠吧。那是一个下午，太阳快下山的时候。在我们家的一只小花猫不知从哪里捉了一只老鼠，用嘴噙着来到了门口的场地上。看它走路那四脚欲腾的样子，同猎人凯旋有几分相像，一副胜利者的模样。正当我们赶来看热闹的时候，它突然放开了老鼠。可怜的老鼠软绵绵地摊在地上，一动不动，猫用前脚去拨它。一下，两下，老鼠就是不动，死了一样。没准是刚才咬住脖项时间长了，老鼠窒息了？猫低下头抵近观察，看得出来，它有点怀疑。正当猫抬头、表情有些沮丧的时候，那老鼠突然起身，没命地往墙角处逃跑，小猫措手不及，连忙追上去，又一口咬住了老鼠后背，将它噙了回来。这回猫来了情绪，一会拍它脑袋，一会敲它屁股，一会帮它翻身，一会要它调头。一阵序幕之后，游戏正式启动。游戏无非也就是捉了又放，放了又捉，但每一次的特点不同。这时候的老鼠再不装了，只要猫一松口，老鼠就跑，方向由老鼠定，距离却由猫来定，想让老鼠跑多远就跑多远。有一次差点就让老鼠跑到柴堆里，就在老鼠即将钻入柴堆缝隙的一刹那，又被猫用爪子给拖了回来。肯定是觉得地面玩得不过瘾，猫再次用嘴噙着老鼠爬上了晾衣竿。老家的晾衣竿大都是两根插在地上的松树杈上搭着一根毛竹做成的。猫把老鼠噙到松树杈上放下，老鼠也一点没有含糊，顺着竹竿就跑，简直如履平地。攀爬是老鼠的强项，绳子都能爬过去，不要说竹竿了。猫能上树，但爬水平的细竹竿肯定不如老鼠，即便是爬过去了，老鼠也早就逃之夭夭了。这下好了吧，到嘴的肉跑了，看你还逞不逞能！当我们都在心里责备猫的时候，只见猫从这边的松树杈上下来，不慌不忙地跑到另一根松树杈下，还没等老鼠爬到地面，猫已经在那里等着它了。这时的老鼠四条腿都直了，有点筋疲力尽了。快点张口吧，我已经半死了。猫也知道，不能把老鼠玩死了，死了肉就不好吃了。所以接下来就是噙着老鼠找地方开吃了。虽然我们痛恨老鼠，但我们还是不忍心看到那残忍的一幕。其实猫也懂人的心事，一般情况下它都要找一个比较隐蔽的地方，才开始对老鼠进食。

　　再说一个蚂蚁战蜈蚣的事。与蜈蚣相比，蚂蚁的体型就有点微不足道了。成年蜈蚣的一只脚，差不多有我所说的那种小蚂蚁身长的三倍。可就是这种蚂蚁，竟然也是蜈蚣的天敌，能将蜈蚣战而胜之，分而食之。这是我亲眼所见的事实。

　　那是我在野外挖猪草的时候。一棵刚刚挂果的栗树下面，我正在埋头寻找猪草，忽然发现一只大蜈蚣，身长足有15厘米，其头红、背黑、爪金黄，头顶有两个很长的触角，头两侧有一对带钩的夹子。乍一见，吓得要死。我本能地退后，远远地看，发现它并未爬行，而是在原地摇头摆尾的样子。我感到奇怪，没见过蜈蚣这个样子的。仔细一看，原来它的身上叮上了几只身不过3毫米的小蚂蚁。它的扭动是为了摆脱这几只蚂蚁的叮咬。然而，不管蜈蚣怎样扭动，蚂蚁就是死死咬着不放，就像长在蜈蚣身上一样。而地面上还有几只蚂蚁在往上攻，奋不顾身的样子。未几，发现蚂蚁越来越多。肯定是有先头的蚂蚁向大本营汇报了信息，"有关当局"发出了一定要拿下的指令。不断到来的蚂蚁从不同的方向向蜈蚣发起了全方位的攻击，尤其是头部，成为攻击的重点。开始，蜈蚣只是摇头摆尾，以为几下子一折腾，几个小玩意儿还不被抖落被碾死？未曾想到，非但没有摆脱几只，反而错失了逃跑的良机，招来了大批的蚂蚁。这时的蜈蚣，不断加大身躯扭动的幅度和力度，连棕黄色的肚皮都露出来了，但仍然无济于事。渐渐地，蜈蚣体力不支，扭动开始缓慢下来，数不清的蚂蚁覆盖了他的全身。最终，它一动不动了。整个战斗持续时间并不太长，也就半个小时吧。

　　蛇吃青蛙又是一种不同的景象。好几种蛇都吃青蛙，但菜花蛇和水蛇吃青蛙最为常见。菜花蛇体型较大，行动隐蔽，是青蛙最怕的。每当菜花蛇瞄上了一只青蛙，总是慢慢地悄无声息地向它靠近，等到了一定距离，开始蜷缩身子，然后子弹一般迅捷地伸头，一口把青蛙噙在嘴里。而此前的青蛙并非完全不知道。我几次观察发现，当蛇靠近青蛙到一定距离的时候，好像青蛙已经发现了，两只眼睛睁得溜圆，眼球格外突出，但奇怪的是整个身体纹丝不动，就像定格了一样，木雕模型一个，它一定是吓呆了。

它本可以一个弹跳跳出危险区，但它却丝毫未动，巨大的恐惧麻痹了它的神经，它的灵魂已先于它的身体被蛇摄获。直到一张大嘴实施突袭，将它差不多一半的身体含在口内时，它仍然没有一点挣扎，眼睛骨碌碌的，任凭蛇一点一点将它吞下肚去。但也不是所有的青蛙都是这样，也有被蛇咬住以后发出哀叫的。每当听到青蛙的求救声，我们都要去相救，用木棍或石头向蛇发起进攻，这时的蛇只好吐出青蛙独自逃命，脱离蛇口的青蛙往往蹦出老远，看样子身体并无大碍。

上面说的三种死亡，都有一个逃跑的问题。猫对老鼠有绝对优势，老鼠想跑，也跑过，但跑不掉；蜈蚣对于蚂蚁也是绝对强势，因为自恃强势，起初没想跑，导致最后未跑了；而青蛙一见了蛇就吓傻了，就跑不动了。所以它们的下场都一样悲惨。

要说逃避死亡，属蜥蜴（老家叫"蛇郎中"）最有办法，那就是当它受到外界追击时，主动断尾，丢卒保帅。实际上这就是一种分身术，是别人学不来的。最值得称道的是，那个被丢弃的尾巴还乱蹦乱跳，吸引攻击者，恪尽职守，死而后已。现在我回忆这种情形，心中对这个尾巴怀有十分的崇敬。老家的山上这种蜥蜴很多，我们在山上划柴火摘野果挖药草时，经常能够遇见它们。后悔当年不该为了好玩而不止一次地去追打蜥蜴，制造过不少这种断尾。

家有六畜

过年的对联，每一年都少不了"五谷丰登""六畜兴旺"的内容，可见饲养"六畜"和种植"五谷"同等重要。家禽家畜对于农民，也是重要的生财之道。

猪是农家必养的家畜。古话说"富不离书，穷不离猪"，说明猪对于穷人生存活命的重要。说书中"三有"，其实猪中也是"三有"：猪中自有活命米，猪中自有茅草居，猪中自有糟糠妻。因为平日里猪粪可以肥田种粮，关键时卖猪可以盖房娶妻。养猪是零星的投入，卖猪是一次性收益，穷人就是靠这样的零存整取，方能有钱干点大事。

我家每年都养猪。捉猪秧子（买小猪）是我爸爸的事，喂猪是我妈妈的事，哥哥姐姐主要是上山打青饲料，我和妹妹的主要任务则是接猪尿捡猪粪。

才买回来小猪娃，身条长涮涮的，全身肉滚滚的，皮肤细嫩，满身黑毛闪着光泽，特别是那双小眼睛，明亮清澈，面对生疏的环境，略带惊恐状，可爱极了。一开始，因为才断奶，吃饭不香，但用不了多长时间，它就习惯了我妈妈做的食料。每当吃饭时间，它就跑到我妈妈的身边，拱着我妈妈的裤脚，哼哼唧唧。我妈妈赶紧放下手中其他的活计，为它准备吃食。猪吃食的样子很有意思，总是爱连鼻子带嘴都插入食盆里乱拱，甚至跳到猪食盆里拱食。吃到嘴的东西总要大嚼一番，嘴里吧嗒山响。

大约三四个月时间，猪有三四十斤的时候，忽然不好好吃饭，到处乱跑，有时甚至把拴它的绳子都挣断了，这是猪发情的时间到了，老家把这个叫"跑窝"。结果引来"销猪佬"，他用那把明亮亮的长柄柳叶刀，从小猪的后腹部捅一个大约一厘米的小口子，用手指头在里面搂出一小团红白相间的东西。可怜被阉割后的小猪，带着渗血的伤口，痛得靠在墙角边直打哆嗦。从此后，猪开始老实起来，只知道吃喝拉撒睡了。

俗话说："庄稼一枝花，全靠肥当家。"猪尿猪屎都是重要的有机肥料，一点浪费不得。所以每当猪睡醒来到外面草地里，我们都要拿着带长柄的大粪瓢紧跟其后，等接完尿之后，端起送入茅厕，紧接着就是拿起粪箕粪匙去捡猪屎。有时我们也故意在偏远的地方留一点粪不捡，为的是看屎壳郎推粪球。果然屎壳郎像是接到电话似的就来了，看着穿着黑皮夹克的屎壳郎用后腿把比自己大四五倍的粪球往窝里推的景象，好玩得很。有时我们故意把粪球用细树枝戳在地上，看它围着粪球转圈观察反复试推的憨样，感到有意思极了。

如果说养猪是为农家干大事准备钱，那么养鸡则是为农家挣零花钱，日常的洋（煤）油、盐巴、针头线脑的钱都要从鸡蛋里出。

我对母鸡是很有好感的,它们下蛋,为我换铅笔、橡皮、本子、墨水,你没法不喜欢它。其实它们的样子也很可爱的。特别是小鸡雏金灿灿的、毛茸茸的,叫声细如线,柔似绒,天籁之音,好听至极。不出两月,鸡雏的骨架不断增高加长,身上的绒毛也慢慢变成羽毛,再后来,身上日渐丰满,母鸡形象得以确立。母鸡可爱之处还在于它们的性格温顺,你要喂它,喊一声"啄——",它们飞一样跑过来;你要是不喂,它们也不吵不闹,在房前屋后的草地里、柴棵里觅食,无声无息。吃饱休息时也是就着果树靠着墙根,小媳妇似的。你若要检查它有蛋与否,追几步他就乖乖会给你蹲下。平时母鸡一般不发声,心情不错时也唱上一两句,有腔有调的,蛮好听。但是,每当它们红着脸下完蛋之后,必然大喊大叫:"咯咯咯蛋!""咯咯咯蛋!"嗓门洪亮,声震屋宇。虽然有自我表白之嫌,但我们还是爱听,因为又有一颗热乎乎的鸡蛋可以捡起。

鸡蛋几乎天天都有,但吃鸡蛋一年却没有几次,一般情况下,有老年人来,要打三个荷包蛋。平时一般客人或者匠人来,要炖几个鸡蛋,孩子们也只能看一眼,有时母亲让你刮个鸡蛋碗,那就十分解馋,感到再幸福不过了。小孩们过生日,有时也可以躲起来偷偷吃一个水煮鸡蛋,这些都是母亲的绝密计划,别人是不能知道的。剩下来就要等到过年了。鸡蛋余下来,主要是为了卖钱,换回灯油、盐巴以及其他零星的生活用品。那时的灯油还是煤油,我们老家叫洋油;那时的盐是一粒一粒的,有绿豆一般大小,不像现在的粉状。

有一回下午放了学,母亲给我5个鸡蛋让我上街换点盐,没想到半路上和同学打闹架,装在衣服口袋的鸡蛋让我打碎了3个,

二、童年记趣

我不知如何是好，只好将剩下的2个拿到收购站卖了买回了半斤盐。那时的盐一角六分钱一斤。母亲当然发现不对劲，问我有没有搞错，我当时支吾了过去，但母亲还是知道了，因为她洗衣服时发现我的衣服口袋里满是半干的蛋清蛋黄。

和母鸡相比，公鸡要漂亮得多：高高竖起的大红鸡冠，高高挺起的金黄胸脯，高高翘起的墨绿尾巴。公鸡不仅身材和母鸡不一样，就连它看人的眼神，走路的步态，都和母鸡不一样，看人老是有点视察的样子，走路老是踩着八字，显得那么自信、自得、自傲，一副盛气凌人、君临天下的德性。在母鸡群里，它就是天生的领导。它要看谁不顺眼，走过去就是一个大啄；它要是想宠幸谁，追上去就"踩水"。母鸡虽不情愿，但害怕报复，跑几步还是要蹲下来加以配合。每当户外觅食，公鸡总要不时抬头看天上有没有鹰鹞，总要不时环视周围有没有狐狸，俨然就是一位警卫长。有公鸡在负责警卫，母鸡也就放松了许多警惕，增添了一些依赖，偶尔甚至故意撒娇。

有一回，几只母鸡在土里刨食，突然发现了一只硕大的黑背蜈蚣，这要是没有公鸡在场，它们也能处置，要么战而胜之，要么逃之夭夭。可是，有公鸡在场时就不一样了，几只母鸡几乎同时都缩着脖子闭着膀子，咯咯惊叫，意思很明确：老公，快来救我们！一听众妻妾召唤，公鸡以最快的速度在第一时间赶到。当它发现蜈蚣时，立即爹起脖子上的金毛，用它那尖硬的喙啄向蜈蚣的头部。那蜈蚣约莫十来厘米长，见到公鸡，也毫不示弱，将所有的脚都紧抓地面，红头高高扬起，两片嘴夹大开，我从来没有见过蜈蚣那样张牙舞爪！公鸡闪电般下嘴，又闪电般收回，看样子也有几分害怕。它不能不怕，万一让它给咬上，自己也就没命了。不过，到底是公鸡始终占据主动，从闪电攻击到吊起放下，最终还是将半死的蜈蚣囫囵吞下肚去。但是蜈蚣体型过大过长，吃下这样规模的东西，公鸡可能也是第一回，只见它的脖子不断收缩，整个脸都涨得通红，把在场的我们都看呆了，十分担心蜈蚣在公鸡的肚子里把它咬一口。

打鸣报晓是公鸡为乡村所尽的一项社会义务。每天不等东方乏白，公鸡就扯着嗓门，宣布新一天的开始。公鸡报晓不仅准时，而且卖力。嘴张到最大限度，头昂到最大限度，胸挺到最大限度，浑身每一个细胞都在用劲，每一根羽毛都在给力。好像它面对的不是眼下这一块土地，而是整个地球。万籁俱寂的拂晓，公鸡洪亮的声音能传出三五里路之遥。声音不仅洪亮，而且清脆，令人警醒，催人振奋，给宁静的山村平添了无限生气。

不知是什么原因，虽然我家是一个孤庄子（单门独姓的小自然村），但家里从来不养狗。现在想起来，很可能是父亲小时候要饭，被狗咬怕了。狗这东西固然有一些令人称道的品格，但也有一些令人讨厌的德性。狗对主人十分忠诚，但对外人却有些过度怀疑；狗不嫌自家贫穷，但对贫穷的路人却十分作难。以穿戴取人是狗最大的毛病，你穿得越破烂，它对你就越凶，所谓"狗眼看人低"。养狗是为了看家护院，而我们的家一贫如洗，没什么好看的。再说，我小的时候，家乡的民风很好，白日里人们外出劳作，家家都从来不关门，夜里关门也主要是防止虎狼野兽而不是针对人的，养狗大可不必。所以我小的时候，家里无犬。

儿时的灯

在我的记忆里，小时候我家始终只有一盏灯，常年挂在厅屋和厨房中间的柱子上。

打我记事的时候，也就是20世纪50年代中期，用的是桐油灯。灯盏是竹片做的，样子有点像木质的靠背椅，把靠背椅拉长了，特别是把四条腿拉长了，就是灯盏的模样。不过靠背椅的中间不是一块实心板，而是一个空的框框，放灯盏窝用的。灯盏窝像一口小锅，铸铁的，搁在框框里。灯盏窝窝沿的一边有一小柄，供人取放用，对边有一小缺口，放灯草用。灯盏窝里倒上桐油，放一根灯草浸泡在桐油里，将灯草头搭在油盏上方的小缺口上，划一根洋火就点着了。点燃的灯火闪一两下腰，就挺起来了，像一片金色的树叶，随风摇曳。

灯草就是水边长的细长的圆柱状的灯芯草，割下来放在水里浸泡一段时间，剥去外面的青衣，里面就是白白的、软软的、海绵一样的灯芯，能源源不断地把桐油吸到它的每一个细孔，保证灯头燃油的供应。灯芯静静地躺在灯盏窝里，像一根挂面。

　　桐油要到街上买，那时的桐油供应容易断货，所以偶然还要点松油节作为补充。松油节就是松明子。有的松树剖开里面就像五花肉一样发红，含有油脂，把它架到石头上烧起来，可以照明，还可以发出松树的清香，就是烟大，不经烧。后来据说桐油是工业的重要原料，干脆买不着了，只好用菜油代替。菜油是炒菜用的，农民炒菜本来都没有油擦锅，点灯就更不够用了。实在没有办法，只好早点上床睡觉。好在这个时间并不长，大概是1957年，街上开始批量供应洋油（煤油），于是，点灯开始普遍使用洋油。

　　洋油灯再用过去的灯盏就不行了，因为灯窝是敞开的，洋油挥发太快，一窝油点一半挥发一半，太浪费，于是灯盏就此废弃了，改用墨水瓶做的洋油灯了。就是在墨水瓶的盖上钻一个小孔，安上一根细铁管，用棉线搓一根长捻从中穿出，吸了油的灯捻点燃，发出光来。棉线窝在墨水瓶肚的洋油里，像一段鸡肠子。如果要把墨水瓶挂起来，还要在墨水瓶的腰部打一道铁箍，安一个挂钩。

　　我家的墨水瓶灯替换了灯盏，但挂的地方没有变，还是挂在厅屋与厨房之间的柱子上。因为这两间屋的地方是我们家打晚作的地方：母亲和姐姐在厨房下沿纺纱，父亲和哥哥在厅屋打草鞋，我则靠着柱子看书。那时的家庭作业不多，有时在放学回家的路上就趴在河滩的石头上做完了。我看的书大多是向同学借的连环画，就是小人书。纺车纺纱时发出女性的低浅的嗡嗡声，有时候就像轻轻的吟唱，有时又像低声的哭泣。虽然那时还小，不知忧愁是个什么滋味，但有时也莫名其妙地想跟着哭。

1961年，家乡开始有了台灯，就是带有玻璃罩的洋油灯，所以也叫罩子灯。它的最大优点是可以防风。灯的下半身是一个带有圆座的玻璃瓶，玻璃瓶是装洋油用的，圆座和玻璃瓶之间有一个流线型细处，是用手端灯的地方。灯的中腰是一块安放和调节灯芯的金属构造，由丝口和玻璃瓶瓶口相连接，边缘有四根弹性铁片，安放和固定玻璃灯罩。作为灯的上半身的玻璃罩，比灯的下半身略短，也是流线型的，胸大口小。整个灯的造型，带有女性的曲线美。它的高雅已经是挂在柱子或墙上的墨水瓶灯无法企及的了，打个不恰当的比喻，一个像西施，另一个就像嫫母了。

　　我第一次见到它是在我们的公社里。那时我二哥从农林中学毕业被分配在公社当会计，晚上我去他那里玩。他的一个同事要抽烟，身上没有洋火（火柴），要我帮他到罩子灯前把烟吸着。人家这么看得起我，我很高兴，接着他的纸烟，屁颠屁颠地就奔着罩子灯去了。罩子灯放在大房子中央的一个桌子上。我走上前去，右手拿烟，左手去拔灯罩。只听刺啦一响，我的手就粘上了灯罩，我啊呀一声，本能缩手，差点没把灯罩带下来。一秒钟时间，三个指头转瞬间就起了燎泡。由于我从来没有见过罩子灯，我根本不知道玻璃罩有那样的高温，把烟贴在上面就可以吸着。我的手在凉水里泡了一夜，三个手指头一跳一跳地疼，就像有人在里面跳绳。绳子一遍又一遍打在我的手指的神经上，也一遍又一遍打在我的心上。害得我二哥一夜也没有睡觉，不停地给我换水。我平生第一次被这么严重地烫伤，给我心里留下了极为深刻的烙印。

　　1962年，我上了汤池中学，正式用上台灯。每天晚上上自习，都是台灯陪伴，四个人一台灯，白天上课用的课桌，晚上要坐四个人，中央放一盏台灯。看书还可以，要是做作业，书都没有地方放。玻璃灯罩容易被烟熏黑，四个人轮流值日擦灯罩。整整三年的与台灯零距离接触，与台灯结下了深厚的感情。

这期间我家里的灯，仍然是一个墨水瓶。

1965年，我到县城上师范，第一次用上电灯，就是像茄子一样的通上电能发出黄光的灯泡。我自然十分欣喜，倒不是因为从此我再也不要闻煤油的味道，擦烟熏的灯罩了，而是感到我的求学之路又迈上了一个新的台阶。我不时地望着天花板上吊下来的花线发呆，望着灯泡里的乌丝发呆。我有时在想，如果墨水瓶灯代表农村，罩子灯代表乡镇，电灯泡是不是就代表县城？那么代表省城的又是什么灯呢？没有去过省城，不敢胡猜。第二年去过省城，我自己找到了答案：代表省城的灯是电棒。

我们家乡用电是在1969年我入伍之后，我家用上了电。不过乡间没有安装那么多变压器，电压不够，灯光昏黄，里面的乌丝能看得清清楚楚，颤颤巍巍，像破败了的蜘蛛网，在微风中哆哆嗦嗦。不过，比起墨水瓶来，还是好多了，毕竟是用上电了。

通电以后，我家灯的数量由过去的一盏增加到两盏：前面一盏仍然挂在厅屋和厨房之间的柱子上，后面一盏则挂在堂屋的房梁上，老高老高，因为要兼顾两边的卧室。不敢多要，多了交不起电费，而交不起电费，人家就要咔嚓你的电线。

童年的笔

我开始上学的时候,和现在的小朋友一样,也是用的铅笔。不过质量差一些,没有那么多类型,价钱也要便宜得多,好像几分钱一支,但对于农民也并非廉价之物。铅笔,在我们眼里仍然十分珍贵。那时我没有削笔刀,削铅笔就用家里的镰刀。由于镰刀过大过重,不好操作,眼看就要削好,最后一刀却把铅芯弄断了,心疼得不得了,不得不加倍小心重来。有时越是小心越不顺手,于是又得再来,心中懊恼得直想哭。大概到了四年级,我父亲才给我买了一把能折叠的铅笔刀。我把它当成了心肝宝贝,时常把它捏在手心里。

有了铅笔,少不了有块橡皮,铅笔的错误有橡皮负责纠正。橡皮的脾气真好,铅笔错的再多,橡皮都不嫌麻烦,但是,纸却不干了。那时作业本的纸质比较差,同一个地方,擦一回可以,两回可以,再擦人家就翻脸开口了。

到了高小，也就是小学五年级的时候，学校要求我们用钢笔写作业了。但是钢笔要好几块钱一支，我们买不起，老师说那就用蘸钢，反正不准用铅笔了。于是，班里绝大多数同学都用起了蘸钢。蘸钢不贵，但容易费墨水，墨水贵，还是买不起。于是我们就买墨水的替代品墨晶。

墨晶是墨水的结晶体，接近粉状的碎小颗粒，装在封闭的安瓿瓶里，和医院护士打针的那个一样，使用时先要把它敲破，把里面的晶体倒入碗里，再放上水加以搅拌，搅拌均匀后再倒入墨水瓶拧紧瓶盖装入书包。整个过程并不复杂，关键是放水多少，难以把握。没有量杯，甚至也不是固定的碗，完全凭感觉。所以经常和得稀了，写在作业本上就很是洇纸，干了以后，墨迹非常黯淡，老师改作业十分恼火。

有一回放学回来忘了和墨晶，到第二天早饭前才想起来，赶紧拿盛饭的碗和起墨晶来，等墨晶和好了，我洗碗再去盛红薯糊糊吃。吃着吃着，发现糊糊里出现了几处蓝色。碗明明是洗干净了的，这墨晶是哪里来的？当时也没管那么多，硬着头皮把它喝完，就上学走了。现在想起来，可能是指甲盖干的好事。可能有人要问：为什么不用其他容器和墨水？回答：没有。又问：为什么发现糊糊里有墨晶还要去吃？回答：是粮食。再问：墨晶是什么味道？回答：有点苦。还问：要是吃出了问题怪谁？回答：怪我自己，但贫困也有很大责任。

蘸钢者，蘸水的钢笔也。蘸钢有雄雌之分，雄者只有一个单片笔头，雌者则有一个肚子，可以多藏一点墨水。用蘸笔写字，得先蘸墨水，完了再在墨水瓶口刮蹭一两下，要不然多余的水就会滴到作业本上。平时，这种刮蹭的声音不会被人注意，但在考

二、童年记趣

127

场万籁俱寂的情况下,这种金属刮玻璃的当当之声此起彼伏,听起来别有滋味。当时不懂它的内蕴,现在回想起来,那不正是人生最初的抽刀亮剑、沙场搏杀吗?

五年级每周有一次大字课,就是写毛笔字。所以我们一人一支毛笔是必需的,至于砚台和墨,有买不起的可以和同学公用,前提是要帮别人倒水磨墨。我们那时买不起描红本,用的是镇子上生产的糙纸,自己裁,自己打格。写好交上去由老师批阅。有写得好的字,老师就在上面画一个红圈。那时的老师十分吝啬,几十个字能打三五个红圈就是莫大的荣幸,不像现在的老师这么懂得教育以表扬为主,动不动就来一个大大的点赞。

五年级下学期,我已出嫁的二姐送了我一支钢笔。关烙铭牌的,关烙铭三个字刻在笔挂上。笔身小巧玲珑,浅蓝色调,铱金笔头,书写流利。一开始我舍不得用,老是抚摸着,欣赏着,高兴得不知如何是好。放在书包里,怕压了,放入口袋,又怕丢了。好几天都为如何保管发愁。突然有一天在课堂上,我想起将它挂在我的上衣口袋,这可是干部的带笔方式。我不停地低头观看,看着看着,我忽然有了一种成人的感觉。

那时的干部都穿中山服,中山服有四个口袋,左上方口袋的翻盖在缝制时特意留两厘米的缝口,专门挂钢笔用的。几乎所有的干部那个地方都要挂一只钢笔。那个地方不挂钢笔就说明你不是干部,至少不是一个有文化干部。有不少的人还挂了两支,最多的还有挂三支的,那肯定是让他老婆把口袋翻盖开口的缝隙扩大了。

我穿的上衣不是中山装,但也有一个口袋,没有翻盖,但口袋沿上也可以挂笔。我不住地低头看着,想着,但到下课时还是把它取下来了，怕别人看到不好意思。

　　世界上的事情往往是，你怕什么它就来什么，没过多久，我的钢笔丢了。我翻过无数次书包，捏过无数次衣服口袋，找遍教室所有的角落，问过班里所有的同学，家里也翻遍了，上学的路上也找了几个来回，一切该找的地方都找遍了，还是没有找到。

　　我又重新拿起了蘸钢，一直到小学毕业。

三、乡音品赏

这一部分叫乡音品赏。离开家乡近50年,家乡话却改不掉,真是沦为"乡音无改鬓毛衰"了。不论在什么地方,听到家乡话就感到亲切,就想上去和他交谈,甚至想为他做点什么。乡音是一支U盘,承载着乡情;乡音是一根纽带,维系着乡愁。安徽舒城老家话,从片区划分看,属江淮官话,从历史演进看,有吴楚遗韵,有很强的区域特点,有很高的文化价值。说起来,还真得感谢秦始皇,他在全国推行了这个统一那个统一,可是在语言上却网开一面。今天,由于经济、社会等各种原因,祖国各地方言土语正在以加速度走向消亡且无法阻止。面对这种情势,提取和描绘一些方言土语的"基因",我以为是非常必要、迫在眉睫的事。

"伙家！"

——家乡话中的名词

人是生活在名词堆里的动物，因为我们赖以生存的外部世界是由物质构成的，而物质都是被人类命名了的。其实，我们人的自身也是一大堆名词的堆积物，从衣帽鞋袜、肢体发肤到五脏六腑、经络穴位。家乡的名词有很多与别地不同的地方，这里略举一二。

民以食为天。还是先说说吃食吧。家乡地处丘陵，粮食种类繁多。我们老家对农作物的叫法较外地有些特别，值得一提。比如老家把玉米叫"六谷"，这就有点意思了，都道是"五谷丰登"，哪五谷？古人说是稻、黍、稷、麦、豆，这里面本就没有玉米的事。玉米是外来品种，是晚来品种，虽然好种也好吃，但要排起座次来，最多也只能排老六。又比如，把高粱叫"留稷"。在偏僻的山区里，如何保存了这样一个极有古风的名词，也很值得考究。其他诸如把红薯叫"山芋"或"芋头"，把芋头叫"紫芋"，把山药叫"山苕"，凡此种种，颇多异处。蔬菜、瓜果等，也都和外地叫法有所差别，如辣子叫"大椒"，丝瓜叫"丝瓜子"。油类也有不同，家乡人把芝麻油叫"麻油"，而把菜籽油叫"香油"。

最有特点的名词是在亲戚的称谓上。有好几个称谓和北方几乎相反，不可思议。比如，把父亲的爸爸叫"爹爹"，而把爸爸的兄弟叫"爷"，大爷二爷三爷四爷，甚至直接把爸爸叫"爷"。如爸爸排行老三，叫爸爸就叫"三爷"。北方人把女婿叫"姑爷"，我们老家把姑姑的丈夫才叫"姑爷"。北方人把妈妈的妈妈叫"姥姥"，我们老家则把父亲的姐妹叫"姥姥"或"姑姥子"，而把妈妈的妈妈叫"假奶奶"。北方人把老龄男人叫"老汉"，我们家乡人则喜欢把最小的儿子叫"老汉"，而把老龄男人叫"老头子"。北方人把姐妹的孩子叫外甥，我们则叫外侄，外侄的儿子才叫外孙。北方人把老婆叫"媳妇"，我们把儿子的老婆叫"媳妇"，自己的老婆则叫"妇人"。中国地域广袤，人口众多，对同一东西叫法不同，十分正常，但叫法相反甚至错辈，就值得思考了，究竟是传播者的有意恶搞？还是探访者的反向记忆？是权威者的醉酒指令？还是族域间的明白对抗？现在已经很难说清楚了。

在人称上，还有一些比较特别的地方，如除了把老婆叫"妇人"外，还叫"家里头""烧锅奶奶"。单身男人叫"寡汉头子"，单身妇女叫"寡妇奶奶"，一辈子未结婚的叫"孤老"。男性婴儿叫"小嗣"，女性婴儿叫"丫头"。最后一胎的儿子除了叫"老汉"外，还叫"老窝子"，最后一胎的女娃叫"末九"。

在社会交往的称谓上，"伙家"是家乡人首当其冲的词。人们交往交谈时，特别是平辈人在一起交谈时，"伙家"一词就挂在嘴边上，时不时就蹦出一个。"伙家"是伙伴、朋友的意思。叫你一声"伙家"，就相当于叫你一声"朋友"，是表示亲热或拉近乎的意思。可是，这只能在家乡范围内使用，出了家乡，人家就不能理解甚至理解偏了。1969年我们当兵到青海。部队里的老兵大部分是陕西人，他们就不让我们叫他们"伙家"，因为以他们的理解，我们是在叫他们"伙计"，是在蔑视甚至是在辱骂他们。其实，家乡话里"伙计"和"伙家"分得很清，穷苦的娃娃哪有叫别人"伙计"的习惯？但是百般解释都有没有用。我们彼此因此不止一次吵过架，因为说惯了改口很难。

在物品的称谓上，家乡话的方言土语更是不胜枚举。可惜的是，随着科学技术的进步、生产力的发展和生活方式的改变，一些老旧的物件正在不断地退出，它们的名字也因之在不断地消失。某些农具如犁、耱、耖，某些粮食加工用具如檑子、磨子、碓窝，某些生活用品如挽子、升子、扒箕，某些服饰如肚兜、绑腿、油鞋等。老名词的逐渐消失，虽说是进步，但却令人留恋；虽说是发展，但也令人惆怅。将来的字典在编到这些词时，都只能用"古人用来做什么的物件"来解释了。还能记起，还能入编，就是万幸了，绝大部分，可能连提都没有人提了。它们走进了人类历史的深处，追寻创造它们的人去了。

"不干吃嘛些?"

——家乡话中的动词

老家话里的动词极为丰富,丰富到你难以穷尽的地步。如果要按指向性划分,可以粗略分为三个层面。处于最高层次的动词是"干"字。

农民是体力劳动者,用家乡话说,大家都是干活的。这就决定了"干"字是天字第一号动词。"什么都干","干了这样干那样","一天干到晚","再累也要干","不干吃嘛些?"……人们之间的交流,离开"干"字不说话。甚至连吃饭也说:"来呀,我们干!"意思是我们现在开饭。在饭桌上央人夹菜也说:"你自己干!"意思是我不给你夹菜,你自己夹。"干"字不仅在说事上用,在征询意见时也用:"让你放牛你干不干?""一块钱一斤你干不干?""给他分一点你干不干?""你干不干"

相当于"你同意不同意？"

仅次于"干"字的是"搞"。"搞不好""怎么搞""搞坏了""搞搞瞧瞧（试试）""搞不动""搞不通""搞到底""怎么搞的""谁有本事谁搞去""让他去搞""搞吃了亏他就不搞了""哪个叫他搞的"，不一而足。从语法讲，"干"和"搞"可以通用，但家乡人出于习惯，该说"搞"还是该说"干"，他们分得还是比较清的。细想想，二者的区别还是有的，似乎"干"强调的是行动的本身，是"干"的对象，而"搞"更倾向于对行动的评价，至于搞什么反而不是最重要。

相对于"干""搞"二词，"做"也是说得较多的动词之一，但它已经降为第二层次了，因为"做"的指向性更具体了，已不像"干""搞"那样具有较高的宽泛性和抽象性，它在更多的场合已经直接及人及事及物了。比如，"做人""做姑娘""做官""做事""做手艺""做生意""做账""做秧田""做针线""做豆腐""做伴""做东""做媒""做梦""做满月""做人情""做寿""做活"等。与"做"处在同一等级的动词还有"打"字：如"打工""打架""打雷""打鼓""打墙""打铁""打包裹""打格子""打脱离""打兔子""打车票""打扑克""打滚""打柴""打糊汤""打稻""打草鞋""打场""打岔""打赤脚""打摆子"等等。

再下来就是处在最低层次的动词了，因为它们的概括性已经较弱了，一个字后面及物对象的多重性已经基本不多了。它们是一个最直接、最具体的及人及事及物的庞大的动词群体，它们共同标识着人类的活动，描绘着人类的伟大。当然我们也还可以按照需要对它们进行某种分类，但要想从中提炼出一些骨干的动词已经很难了。

家乡的动词是极其丰富的，同样是种，种小麦叫"点麦"，种水稻叫"栽秧"，种红薯叫"插芋头"，种大蒜叫"排大蒜"。同样是收，收茶籽叫"下茶籽"，收芝麻叫"倒芝麻"，收玉米叫"扳六谷"，收板栗叫"打栗子"。同样是买，买肉叫"称肉"，买油叫"打油"，买豆腐叫"拿干子"，买布叫"扯布"。同样是看，根据不同的态度、姿势和用眼方式，可以分为"瞪""瞟""瞄""瞅""望""瞧"等，这样的例子不胜枚举。可惜，在现在的教科书里，大都得不到应有的反映。相对于活生生的现实生活，教科书的词汇已经十分干瘪和刻板了。

家乡语言中的不少动词，字典上都有收集，但却越来越少有人去查阅了。比如把东西用劲扔在地上的"掼"字，用手臂挽着篮子的"扢"字，把东西往水里放的"沁"字，做鞋帮固定鞋底的"绱"字，拿棍子往洞里戳的"杵"字，拿刀捅入肉里的"攮"字等。有部分的动词，字典并没有收集。比如，把烟摁灭，老家叫"把烟'cú'乌"，不知是不是"促"，也说不好。老家把锯木头的动作叫作"jiè"（音戒），不知是不是"解"？老家把跨石步过河，叫"qià"（音恰），不知是不是"跨"？还有一些叫法，连疑似的字都找不出。比如，老家把骂人叫"jué（音撅）人"或"chōu（音抽）人"，这个"jué"和"chōu"怎么写？把一个不太重的东西放在扁担的一头用肩膀扛起来，老家称之为"wó（音挝）着"，"wó"怎么写？不知道。它们只有口口相传了，因为写不出，最终都可能摆脱不了消失的命运。

三、乡音口赏

137

野马洋蛇

——家乡话中的形容词

家乡话数形容词最为丰富，最为有趣，最有说道。它至少有以下几个特点。

第一，多样性。形式多样，不拘一格。可以是一个单词，可以一个复词，也可以是一句短语，构成字数不等。一字有之，如"哈"，（读hǎ，上声）形容某些头脑不清、骨头不硬、能力不强或身体不好的人。"烧"（sháo，读阳平），举止轻浮、有意卖弄的意思。"㤘"（音zhòu，入声），性格固执、脾气暴躁的意思。二字有之，如"开胃"，有意思的意思。"过劲"，能力强的意思。三字更多，如"闷独独（的）"，一个人闷着头悄没声的样子。"红閕閕（读xiā）（的）"，形容总苞绽裂露出红色坚果的喜人状态，有时也指怒放的红色鲜花或类似物体。四个字最多，如"清汤寡水（的）"意为没有营养的饮食。"禽嘶鬼叫（的）"形容大呼小叫，声音刺耳。"红不那姹（的）"，形容不该有的或不地道的红色。五个字也有，如"缺胳膊少腿（的）"，意为东西不全乎。"弯腰撅屁股（的）"，表示动作幅度较大。"缺德带冒烟"，形容缺德到了极致。"不得掉爪（zhǎo）子"，形容惹上麻烦事脱不开手了。六个字也有，如"三不之四不之"，形容随机的不确定时间。"拍桌子弄板凳"，形容人愤怒失态状。七个字还有"热脸蹭人冷屁股"，形容满腔热情碰到了一脸冰霜，事没办成，反带回了尴尬和屈辱。八个字也还有，如"一稻箩长两稻箩粗"，形容人的身材矮胖。

第二，具象性。以实喻实，明白易懂。家乡话的形容词，大都是实在的词语，一听就有具体图像在脑海闪现，即便是抽象概念，也要用一个具体形象来表达之。如"胖膪膪"（的），胖到肉多得没处放，朝下耷拉着的样子。"哈跄跄"（的），身体差，差到走路都有些踉跄的样子。又如"瘪个拉瞎（的）"形容籽粒或果实不饱满。"野马洋蛇（的）"，形容说话不正经办事不靠谱。这里的"耷""跄""瘪""瞎""马""蛇"都是具体实在的可以感知的状况或事物。

第三，生动性。用词鲜活，形象生动。如"七扯八拉"（的），意思是说话没有正经，不着正题。"泼泼洒洒"（的），意思是液体在运行过程中从容器里不断溢出或溅出。"提溜打挂"（的），东西杂乱无章地悬挂在一起相互碰撞的样子。"七戳八捣"，没有正经事干，热衷搬弄是非的人。这里，"扯""拉""泼""洒""打""挂""戳""捣"，都是活生生的摆在眼前的生动形象。

第四，质朴性。质朴无华，格调平实。语言是思维的表达，也是性格的表达。有什么样的思想，就有什么样的语言，有什么样的性格，就有什么样的语言。山野百姓生性质朴，语言也自然朴素平实。如用"齐整"来形容女人特别是大姑娘的美貌。齐，零件不缺；整，位置恰当。只要姑娘五官齐全长相端正，就十分悦目了。影星的颜值，模特的身材，不在他们的审美范围。又如，用"停当"来形容女人特别是大姑娘的聪明能干。停在当停，干在当干，家政安排，妥帖稳当。娶这样的女人是男人的福气。再如，形容所获无多，会说"不嚇人""不合歇着"。意思是没有多少，不会让人看了发出惊羡之叹；白耽误工夫，还不如不干，在家里歇着。

第五，粗俗性。取材广泛，不避粗野。土得掉渣，地气十足。不乞求典故，只追求生动；不追求华美，只追求准确；不图登大雅之堂，只求直抒胸臆。如"屌甩甩"（的），形容大咧咧的样子。"怂滴滴"（的），形容精神萎靡无精打采的样子。"黄不烂肿"（的），肌肤发黄而浮肿，几乎接近溃烂的样子。"血糊淋拉"（的），血肉模糊，且不时有鲜血滴淌。"抠屁眼啣指头"，形容极为吝啬。"脊梁心不对屁眼沟"，脊椎和股沟不在一条线上，对不上茬的意思。穷得"卵子打板凳响"，形容穷极，裤子都没得穿。

上述所举词例，绝大部分字典词典都没有收录。要想传承下去，只能靠口口相传。要是消亡了，真是太可惜了，原生态的东西啊！语言工作者在大楼里研究官方语言，是必要的，但也一定要采访、记录、挖掘、整理、学习、研究这些岌岌可危的濒临灭失的民间语言，以保存、丰富和发展民族语言。现在动手还来得及,再晚个二三十年,恐怕就来不及了。因为随着人口的全方位、大规模流动,信息的无死角、全天候传递,相对独立的地域语言环境已经不复存在了。

"乖乖！"
——家乡话中的叹词

家乡话里，用得最多的叹词是"嗟"。

"嗟"最早是用来打招呼的。春秋时齐国发生饥荒，有人在路上施舍饮食，就用这个词打招呼，结果有人嫌这个招呼里有轻蔑甚至侮辱的意味，宁愿饿死也不愿接受这个施舍。人们在对那个不受"嗟来之食"的人表示敬佩的同时，也为那个施舍的人感到委屈，不就是一声招呼吗？有那么严重的内涵？别冤枉了做慈善的了。大概就是因为这个打招呼的"嗟"容易造成误会，后来人们渐渐不用它来打招呼，改用它作叹词来发表感叹了。

家乡人嘴里叹一声"嗟"，内涵十分丰富复杂。其一，不解。"嗟，这个也着？"其二，不屑。"嗟，那个谁不会？"其三，不信。"嗟，别是吹牛吧？"其四，反驳。"嗟，你算老几？"

其五，阻拦。"嗟，别说了！"其六，赞赏。"嗟，还真有两下子！"其七，惊奇。"嗟，你怎么来了？"其八，恐惧。"嗟，吓死人的。"还可以有很多的意思表达，无法一一列举。特别是通过四声的变化，轻重缓急的音差，"嗟"的内涵简直是只可意会不可言传。

家乡人给外地人印象最深的叹词还要算一声"乖乖"。"乖乖"本来是作为名词来用的，是对小孩子的爱称，后来拓展为形容词，依然是形容小孩子听话和顺从。所以，当家乡人在外地说"乖乖"的时候，别人老怀疑是在辱弄别人，是在占别人便宜，起初很不愿意听。不知什么时候"乖乖"演化为叹词，被家乡人青睐。"乖乖"一词在家乡话里的含义也十分丰富。表示惊羡有之：往往在他人叙述一个物件一个景象一件事情的时候，叹一声"乖乖"，表达惊羡，有希望亲往、参与、分享、得到的意愿。表示惊讶有之："乖乖，这雨真大！"表示赞叹有之："乖乖，这东西好排场！""乖乖，这家伙本事太大了！"表示庆幸有之："乖乖，到底熬过来了，真不容易！"表示责难有之："乖乖，这个你也敢干？""乖乖，这还得了！"表示担忧有之："乖乖，这下我们麻烦大了。"幸灾乐祸有之："乖乖，看你怎么收场！"讽刺挖苦有之："乖乖，多亏了你呀！"凡此种种，不一而足。

家乡话里第三个常用叹词是"啊哟"，主要功能是表示惊讶，多在人们面对破损东西或破坏场面表示惊讶时所用，一般说来，妇女和儿童用得多。当然，遇到事先没有想到的突然变故突然场景，男人也会"啊哟"的，只不过相对要少一些。"啊哟"在身体不舒服或疼痛难忍时也会叫出，依然是妇女和儿童用得多一些。"啊哟"还用来在别人叙述困难或痛苦时，对别人表示同情："啊

哟，真是的！""啊哟"也还用来向别人表示歉意："啊哟，对不起，我怎么把这事给忘了呢。""啊哟"还用来表示惊醒、遗憾、和后悔："啊哟，钥匙忘带了！""啊哟，我恨不得钻到床肚里去！""啊哟，我都懊悔死了！"

家乡话里第四个叹词要算"嚆呵"，随着说话者音调的轻重缓急和四声变化，惋惜、惊叹、意外、自嘲、歉疚、吓唬、讽刺、责怪等，究竟意味什么，只有当事者明白。如要转述，难免走样。即便发话者，恐怕也难以重复。如同胡松华唱《赞歌》前面的那些"啊呵吆咳"，一经唱出，他自己也难以完全复制。

"跟你没有一毫关系"

——家乡话中的数量词

家乡话里的量词也有自己明显的特点。

就说"毫"吧。"毫"在家乡话的量词中应用最多。不管什么人、什么事、什么地方、什么东西都会用着它。但它不是专用量词如尺、斤、升、个、条、只等,家乡人并不需要它表达对象物具体的数量,只是拿它当一个形容词,来对对象物的量的多寡加以评判和界定。在实际使用时,通常变成数量词"一毫""一毫毫"。例如,形容数量少:"就一毫毫子。""嗟!就那么一毫毫子!"形容一个人:"一毫相(颜值)都没有。""一毫本事都没有。"形容变化多少:"一毫都没有变。"形容准确:"一毫不讹。"形容花钱多:"那不是毫不毫钱!"形容手头无钱:"一毫钱都没有。"形容街上冷清:"街上一毫人都没有。"形

容人之将死："只有一毫毫气了。"希望从别人手上要点东西："把你那个给毫给我可着？"算计投入产出："就那么一毫毫子没哪搞头。"撇清和他人的关系："我跟他一毫都不认得。""一毫关系都没有。"比较别人容貌："她姐妹两个一毫都不像。"

　　家乡话里的"一毫""一毫毫"，就是普通话里"一点儿""一点点"的意思，不定的、少量的数量。奇怪的是，家乡人从来不说"一点点"，大概是"一毫毫"更细腻精准吧。"毫"作为量词就够少够小的了，"一毫毫"，丝米微米级的，作为数量词就少之又少，小之又小，用它来表示物件，精细到家了。

　　家乡话里还有个与普通话不同的量词是"交"。交，古汉语里有"俱"的意思，翻译为现代汉语，就是全、遍的意思。"这本书我翻了一交"，意思是这本书我粗略地看了一遍。"城里的小吃我都吃交着。""吃交着"就是全吃过、吃遍了。"办法我都想尽着，用交着。"意思是想到能用的办法都用了一遍。

　　家乡话里还有拃、庹、撮、桄等量词。一拃，就是大拇指和中指完全张开的距离，一庹就是成人两臂左右平伸时两手之间的距离，一撮可以标准化为一勺的十分之一，但更多的是一种概略数量的表达，具体就是大拇指、食指和中指捏起来的盐或面之类的细物。桄是经纱（织布前的准备步骤）的用具，一个带轴的六棱木框，可以转动，转动桄，就叫桄线，桄在这里就是动词。纱线围绕桄到一定程度（大约2斤左右）就是一桄。桄在这里就成了量词。

　　这些量词现在已经很少有人用了，它们也是在渐渐地等待消失。

一 "跟"独占

——家乡话中的连词和介词

如果说家乡话在其他词类的内容十分丰富的话,那么在连词和介词方面反而简约了。在汉语词典里,连词和介词少说也有400个以上,但家乡话里的连词和介词可能不到其中的十分之一。

举个例子吧。家乡话里就没有"与""和""同"这些连词和介词的地位,甚至根本就没有它们的存在,至少在口头上。凡是用得着"与""和""同"做连词或介词的地方,一个"跟"字就全权代表了。

作为连词:"就我跟他俩。""衣服跟鞋子都搞湿了。""假爹爹跟假奶奶都不在了。""砖跟瓦都买好了。""我跟你一起去。"

作为介词:"这事你跟我商议没有?""我不管,你跟他

讲。""那县长能跟乡长一样大吗?""他跟小时候变化不大。""胖得跟冬瓜一样。""跟困难做斗争!""他跟这事无关。"

"与、和、同"说：你一"跟"独占，压根就没有我们什么事，霸道不霸道？"跟"说：都是老祖宗造下的字，凭什么你们老往后躲，想累死我呀？——清官难断家务事不是？

家乡话中的连词虽然不多，但也还有普通话中没有的词汇，如表示让步关系的连词，普通话会说虽然、纵然、即使、即便、尽管等一大堆，家乡话就一个词：饶似。如"饶似那个样子，也是你的不对!"意思是，我宽宏大量，我让步了，我饶了你，事情即便就像你说的那个样子，那也是你的不对。退一步，是你的不对，再退一步，还是你不占理。真是太生动了，太漂亮了。又如，"饶似这个样子，他还是挺过来了。"这里的"饶似"也是即便、尽管的意思。

家乡话的介词中，也有自创的节目，如表示方向、走向的介词，普通话用从、自、往、朝等，家乡话说"走""上"。例如，问："你走哪来？"意思是你从哪里来？回答："我走老屋来。"意思是我从老屋来。问："你上哪去？"答："我上庐镇关。"这里的"上"就是往庐镇方向去的意思。

后面还有一小手

——家乡话中的助词后缀

家乡话的语法修辞与普通话的区别,还在于它有不少主干词的助词后缀。

就拿名词来说吧。比如,好多物件后面加"子"字:"头绳子""酒盅子""撑杆子(雨伞)""雾落子(如烟细雨)""黄鼠狼子""胳膊肘子""汽车轱辘子"等。又比如,对不同社会职业的称谓,常以"的"字作为后缀:"剃头的(理发师)""唱戏的(戏剧演员)""当官的(干部)、"做生意的(商人)""送信的(邮递员)""干活的(农民)""当兵的(军人)""上锅的(厨师)"等。再比如,在一些人际关系的称谓上,用"伙子"作为后缀:"兄弟伙子""姐妹伙子""妯娌伙子""郎舅伙子"等。

动词一般不加后缀，但却加诸一些助词，"着"字就是其中重要的一个。一方面，用"着"表示动作持续进行的状态，就是动作的正在进行时，如"笑着笑着突然哭起来着，搞得我们莫名其妙。""走着走着就没看见人了，原来他掉沟里头去着。""他一把年纪，还一直站着给我们讲课。""不要客气，你坐着！""那一间屋一直是她在住着的。"另一方面，用"着"表示动作完成的状态，也可以叫现在完成时。如问："可吃了？"答："我吃着。"问："搞嘛事去着？"答："出去逛着一圈。"

形容词加后缀主要有两类。其一，加"得着"。如"火得着""红得着""衰得着""黑得着""倒得着""掉得着""脱得着""忘得着""疯得着""急得着""死得着"。加"得着"二字，可能是意在避免单调，也可能是意在强调。其二，加"的"。如"硬戳戳的""急搓搓的""软趴趴的""屌甩甩的""漆黑抹乌的""陈经古道的""泥巴糊脑的""甩头吧唧的"。细想想，这在形式上是"加"，实际上是"减"，减去了"样子"两字。完整地说，应该是"×××的样子""××××的样子"，嫌费劲，就省了。

加一个后缀，就是加一点表现力；加一个后缀，就是加一点味精。

"照"还是"不照"？

——家乡话中的一个关键词

在普通话里，人家要求我们干什么事，如果我们同意的话，就答应人家说"行"，但在我的家乡，我们的回答是"着"，发音为"zhào"（去声）。因为发音为"zhào"，又是方言土语，好多人就把它写成"照"。其实，那不是"照"，而是"着"，不信你查字典：《新华字典》第11版（2013年）第635页：〈方〉用于应答，表示同意。

《现代汉语词典》第6版（2015年）第1644页：〈方〉用于应答，表示同意。

《辞海》第6版（2009年）第2406页：（4）表示同意的答词。如：着！就这么办。

如果要说词性，表示应答的"着"，应归属于动词。再要细分，当属于意愿动词。比如，甲说："这件事就你去办吧？"乙回答："着！"这里的"着"就是"行"的意思。人家希望或者要求我们做什么事情，我们应承下来了，所以是意愿动词。

在家乡，"着"也用于别人征询对某事物的意见时，表示同意的意思。表示同意的"着"，就有形容词的性质。比如，甲问："你看这样可着？"乙回答"着！"这里的"着"就是"可以"的意思，属于状态形容词。

在家乡，作为状态形容词的"着"，还有更为广泛的用途，如"他们俩着"，意思是说他们俩的关系可以、关系不错、关系密切。又如，"这个事他着"，意思是说他有这个能力，可以胜任这个事情，这个事他能办好，交给他可以。再如，"饭着咧"，意思是说饭已经熟了，可以吃了。这些场合，"着"都有状态形容词的性质。

在中原，在河南以及与其相邻的山东、安徽、河北、江苏部分地区，相当多的地方把普通话"行"说成"中"，这是大家都晓得的，也都懂得。其实，"着"就是"中"的同义词，"中"和"着"的原意都是射箭射到了靶子上的意思，即所谓"射中了""射着了"。后来移用到了说话上。说话说到了点子上，也叫"说中了""说着了"，即所谓"一语中的"。你要请人或求人办事，态度很重要，说法也很重要。找准了时机，说出了理由，表达了情义，暗示了条件。（当然不必都要说这么多。）从而说动了对方的心，对方权衡了，愿意了，接受了，这才叫"中"，才说"着"。

总之，"着"与"中"等都是汉语中用于应答、表示同意的词，细查起来，在古汉语文献中都能找到它们的出处，在明清小说里，到处都有它们的身影。到现在，一说"中"，人家都懂得是应答、同意的意思，而"着"字被忘却了，不知什么原因。有好心人就用"照"字代之，不管是当真还是开玩笑，鄙以为这样"不照"，希望可以纠正回来。

在家乡话里，"着"还可以读"zhuó"（阳平），当一般动词用，如"炉子着得很旺。""路灯都着了。""他是在为你着想。"也可以用在动词后面做一般形容词用，如"他睡着了。""他头一挨枕头就着。""火点着了。""炭盆着哄哄的。"形容日子清苦的境况，说"着急"，形容遇到什么棘手的事或时间紧迫而心里急躁不安。

家乡人说话间还频繁地把"着"轻读成"zhe"，作助词用。如"吃着呢吗？""桌子上放着一摞碗。"等等。由于"zhe"的发音接近"zhi"，又是轻读，又是助词，容易随口带过去，出现语速较快，本地人没有什么感觉，外地人就感到十分好奇。有一年我父亲到部队看望我返乡之后，我的一个陕西籍同事跟我说："没想到你爸爸还是一个老夫子呀！"弄得我莫名其妙，问："哪里像？"回答："我听他说话一口一个'之'字嘛。"我忙给他解释，这是家乡的口语，我们家乡连耕田吆喝牛都带"着"字呢："拊着"（向左前进）、"撇着"（向右前进）、"趷着"（站立）。他听了还是半信半疑。外地人不晓得倒也罢了，问题是一些家乡人在记录这个"zhe"时，也把它误写为"之"，搞得文章不文不白的，叫人读起来又好气又好笑。

三、乡音品赏

"干汊河的圪爪虾"

——家乡话中的雅俗转换

有两个好朋友一起上街，说话间遇着一个人。这个人是他们其中一个的老熟人。二人见面寒暄了几句，那熟人就从烟盒里取出两支香烟，递给了其中的一个。同行者赶忙也伸手去接烟，万没想到，那人却把另一支烟叼在了他自己的嘴边。伸手的人手老长地晾在半空，极为尴尬，灵机一动，索性张开大二拇指说："干汊河里的圪爪虾这么长！"自己给自己找了个台阶下。

这是二哥生前给我讲的一个故事，意在形容某地人"小二百"。"小二百"在家乡话里是小气抠门、不懂交情的意思。故事十分生动，一直刻在我的脑海里，但"小二百"这个词从何而来，也一直是我想探究的问题。二百是两是钱？是毛是分？是厘是毫？是勺是撮？不论是什么，都非得要二百整？抠门不抠门，二百是底线？长期没有答案。一直到四十多年后在词典里读到"枂"字，才恍然大悟！原来"小"是"枂"，"二"是"而"，"百"是"薄"。（老家话"百"与"薄"读一个音。）"小二百"原来是"枂而薄"。枂者，稀薄也；薄者，不厚也。"枂而薄"就是形容既吝且啬、薄情寡义的人。俗话的源头竟然如此之"雅"！

家乡话中还有一个词：假马十七。虚情假意的意思。从字面看，不好理解。为什么是马而不是羊或狗？为什么是十七而不是十六或十八？有什么典故吗？实在打听不出来。后来反复朗读默念，脑子里终于闪出一个词："假马实骑"。本是文人嘴里的话，形容一个人假戏真做、认真做假。流传到百姓口中，就成了假马十七、虚情假意的意思。

再举一个词：散扯离经。说话不够正经、胡扯八列的意思。这一词里，散扯是百姓语言，离经就不像百姓语言了，因为百姓只知常理而不知"经"为何物，也就不知道离与未离。离经叛道是知识阶层、文人雅士口中的语言。家乡话有时也把这四个字分开来说：一曰"散扯"，批评别人说话不够正经；一曰"离经"，是评判某事做得有些出格。不管是一起说还是分开说，"离经"二字显然源自文人雅士之语。

事物是普遍联系的，俗来自于雅，雅又来自何处？知识分子、文人雅士语言的源头，归根结底还是老百姓。四书五经就来源于老百姓。"关关雎鸠，在河之洲，窈窕淑女，君子好逑"的诗句就来源于老百姓。有知识分子把它形成文字编纂成书，再由圣人圈点增删，就和"雅"融合了，遂上升为"经"。"雅"再回到百姓，还原成为民间语言，就"还俗"了。民族语言的延续和发展就是要遵循这样的轨迹吧。

"杠"人与杠"人"

——家乡话中的重音与轻音

家乡话里的轻重音之分也很有意思。大多数短语或句子，甚至复合词汇，由于所突出和强调的部分不同，轻重音的发声就不同，表达的意思也就不同。反过来讲，由于轻重音的发声不同，突出和强调的部分就不同，表达的意思也就不同。这里有两种情况，一种是由于时间、地点、人物、事件、心情不同，主观选择轻重音发声；另一种是区域统一的口音，大家都这么说，生下来就是这么学的，是客观的语言环境造成的，一辈子都很难改口。

家乡话的轻重发音不同，说话的意思就发生改变，从而使语言的表达能力倍加丰富。随手举一小例。甲意欲向乙要某样东西，试探地说："你把这个给我吧？"乙用干脆短促的音调回答："给你！"说明他爽快答应了。如果乙将"给"字加重一点语气，说明他可以给你，但心里并不很乐意。如果乙把"给"字再加重语气，说明给可以，但不可能白给；如果乙把"你"字加重语气，说明给谁都不会给你，说不定你拿钱都不卖你。这是说的第一种情况，属于主观选择的轻重表达。

　　本文重点说第二种情况，即客观语言环境下轻重音的"规定"说法。我们仍以动宾结构的短语为例。

　　这里先说一个真实的故事。故事从"硌人"这一短语说起。

　　硌人的"硌"字，字典上说："触着凸起的东西觉得不舒服或受到损伤。"这是人人都懂的。"硌人"这个词怎么读？普通话有统一的说法，但一到方言，情况就不一样了。

　　家乡的方言很复杂，复杂到有的村庄里本是一个姓氏，吃上头井水的人和吃下头井水的人，说话都不一样。更不要说一个县的不同乡镇了。

　　我是河棚镇的，我们家乡把硌人叫"杠人"，而且把"杠"字作为重音来说，"人"字轻说就可以了。如果要拿用劲的程度来分，"杠"字用八分劲，"人"字用两分劲就够了。那一年我15岁，在县城师范念书。一次和同学聊天，不知说到什么东西，讲到了这两个字。万万没想到，我这两个字一出口，立即受到一个家是春秋镇的同学的当场批评。他说："撇什么汤吗？杠'人'就杠'人'，还'杠'人呢！"他的意思是说，我不好好说话，有意撇腔，重音明明要放在"人"字上，我却把重音放在"杠"字上，故意把两个字的重音说颠倒了。我当时就愣了：我怎么是撇腔呢？"杠"人，我自小就这么说，我们那里的人都这么说呀。可惜因身边并没有河棚人为我作证，虽然做了不少辩解，但都无济于事，心中感到好不冤枉！

三、乡音品赏

当时什么也不懂，后来细想，我还是对的，不，我们河棚人的发音还是对的。说某东西硌人，我们叫"杠"人，说某东西刺人，我们叫"戳"人，说某东西发黏，我们叫"粘"人，说某东西高温，我们叫"烫"人，重音都在前边的动词上。之所以这样发音，是为了突出隐含的主语状态，是强调宾语的感受程度。"人"在这里是感受状态的唯一的宾语，没有必要特别强调。如果把"杠人"的重音放在"人"上，就是突出了宾语，强调了动作承受对象的性质，强调是杠了人，而不是杠了牛、羊、猫、狗什么的，有这个必要吗？

后来再细想，感到有些不对。作为接受、承受、感受地位的宾语，并不都发轻音，如修路，"路"发重音；栽秧，"秧"发重音；扯布，"布"发重音；做饭，"饭"发重音。渐渐地我发现，家乡话里，在动宾结构的短语中，宾语凡涉及某种事物的，一般都发重音；而凡涉及人的，则一般都发轻音。如上述"杠人""戳人""粘人""烫人"等，重音则在"杠""戳""粘""烫"字上，"人"字就发轻音了。"打人""咒人""磨人""骗人""帮人""救人""容人""夸人"等，"人"字也都发轻音。

家乡话为什么要做这样的安排？为什么要"重"物而"轻"人呢？古人的智慧、祖先的思维，我们无法知晓，不宜贸然揣测。

特殊情况下，"人"字也有发重音的时候，如"杀人"的"人"就会发重音，表明事情的严重。他的行为已经不能用一般性的叙述口吻和语气来说话了，表明他杀的不是猪不是鸡，他杀了他不该杀的了！"偷人"的"人"字，如果是指小偷的一般偷盗，发轻音，但在这个"人"是专指"汉子"的特殊情况下，也发重音，同样说明问题已经十分严重了，她的偷盗行为出了格了，她偷了不该偷的东西！杀人和偷汉子，在我们民风淳厚的家乡，是极为罕见的事件，所以在动宾短语中作为宾语的"人"字发重音的情况也就极为罕见。

　　以上只说了一点简单的动宾短语，其他短语、句子或单词，家乡话也还有不少轻重音的发音习惯，如叠字称谓"妈妈""姐姐""弟弟"，后一个字发轻音。再如名词后缀的"子"，也是发轻音，"桌子""椅子""瓢子"。又如一些形容词中后缀"的"，也发轻音，如"陈经古道（的）""七扯八拉（的）"。还有很多，这里就不一一列举了。

给你煨个"朗木兹"

——家乡话中的切音与转音

所谓切音，简单地讲，就是分别提取两个字的声母和韵母，拼成另外一个字的完整发音。具体要求是，第一个被提取字的声母和被标音的字的声母相同，第二个被提取字的韵母和声调与被标音的韵母与声调相同。例如，"塑"字怎么读？字典说："桑故切"。就是提取"桑"字中的声母s，提取"故字"中的韵母u，二者组合就是"塑"的读音。这是我国传统的一种注音方法，是古人的伟大智慧。

家乡话里的一些字的发音就可以这么表示。比如"xiá子"，小孩子的意思，其中的"xiá"就是"小"和"伢"字的切音。这个切音不是专家做的，是由广大人民群众千百年的口语习惯而来的，可惜，新切出来的"xiá"字相对应的汉字，笔者才疏学浅，写不出来。再如"zhàng子",这时候的意思。其中的"zhàng"就是"这"与"晌"的切音。当然,还是没有相对应的汉字把这个音写出来。

家乡话还有部分发音与汉语拼音标准有较大出入,其声母、韵母甚至声调都有较大变化。假如汉语拼音标准是转盘,这些发音就像是被转盘离心力给甩出去的,虽然甩得不远,似乎从标准里能找到源头或影子,但毕竟已经变形,难以辨识。对这部分发音我称之为"转音"。最著名的转音,就是国人皆知的由"老母鸡"转成的"朗木兹"。著名作家姚雪垠在长篇小说《李自成》里,把"朗木兹"安到桐城人嘴里,其实是弄错了,真正的桐城人是不说"朗木兹"的,倒是舒城人这么说的多。舒城人对"朗木兹"情有独钟,大凡新女婿过门、亲人外地回乡探亲、至亲老人串门、重要客人造访,都要杀一只"朗木兹"或煨或炖招待。女儿或相关女士生孩子满月,也是以"朗木兹"作为祝礼相送。

谁家有危重病人,也是捉一只"朗木兹"前去看望。

家乡话的某些指示代词也转得厉害,"这个"转成了"丢(diū)个","那里"转成了"柳咳(liǔ hài)"或"那咳"。时间名词里,"今天"转成"街(jiē)个","明天"转成"麻(má)个","后天"转成"浩(hào)个","大后天"转成"大号个"。"昨天"转成"曹(cáo)个","前天"转成"掐(qiá)个",大前天转成"大掐个"。隐约感到是儿化音转过来的,"今儿个"成了"街个","明儿个"成了"麻个","后儿个"成了"浩个"。

还有两个字不得不提,一个就是"务"字,从事的意思,普通话是去声,家乡话转成上声,说成"舞"。例如,见到人家忙忙的样子,问:"务什么呢?"一种很文气的问候语,常

用来替代平时粗俗的问话。另一个是"使"字,家乡话说成"sěi",没有相应的普通话汉字注音,家乡话"写字"的"写"也读这个音。用牛耕田,叫"使牛",说某物结实耐用,叫"经使"。

阴平不是水平

——家乡话中的四声变调

新中国成立之初，在人才不足、经验不足、调资料不足的情况下，先贤们凭着他们扎实的语言功底、坚毅的攻关精神和饱满的政治热忱，硬是在那样短的时间里，天才地创造性地完成了《汉语拼音方案》，实在是一件划时代的伟大事件。

四声是现代汉语拼音里的一个重要内容，所谓四声，就是读高平调的阴平、读高升调的阳平、读先降后升的曲折调上声和读降调的去声。现代汉语的四声是由古汉语演化而来的。

在我们家乡，四声的用法相互都有点窜。最典型的例子就字典中标注的阴平（一声）字，大约七成在家乡话中都有不同程度的低降，剩下三成中，一成变为阳平，一成变为轻声，只有一成属于阴平。换句话说，字典中的大部分高平调，在家乡话中都变为低降调。用线条表示，就是水平线向右下方倾斜，只是倾斜度没有去声（四声）那样大，较为平缓。刚开口是平的，一发声就滑下来了。如果你不明白，你就听听西安人说西安的"西"字是个什么调，就能明白了。再不明白，就想想天津人说天津的"天"字是个什么调，保证你就立马就明白了。

　　阳平上扬，阴平下降，这种现象符合中国传统的阴阳学说。阴阳是事物既相对立又相依存的两极。既然阳平的声调上扬、阴平的声调下降是合理的，既然全国好多地方都存在阴平调下降，那么可以考虑把这种读法叫阴平，而原一声的阴平就应该理解为水平。这样一来，平声就变为水平、阴平和阳平，加上上声和去声，现代汉语声调就有五声。

　　如果四声变为五声，原来的标识线也要作相应改变。既然阳平是一条上扬的升高线，阴平就应该是一条下滑的下降线，这样，它们才能相互对立，构成阴阳。而现在标识阴平的水平线，只是一条中间线，不升不降谓之平，它只能标识水平，不能标识阴平。如果我们用下斜线标识阴平，势必容易和原来去声（四声）的标识产生混淆。为了避免混淆，去声的斜线可以直接改为竖线。

　　这样，原高平调仍为一声，改称水平，仍标水平线；新增低降调，为二声，称阴平，标向右下倾斜的下斜线；原高升调二声改为三声，仍称阳平，仍标上斜线；原先降后升的曲折调三声改为四声，仍称上声，仍标曲折线；原降调四声则变为五声，仍称去声，改标竖线。

　　说说而已，不必当真。

"各位女客请注意"

——家乡话中声母的几个问题

说说家乡话的声母和汉语拼音声母的差异。

首先是错位现象。如普通话里的声母"x"中，凡是韵母是"i"的，在家乡话里大都成了"si"。西、希、溪、喜、系、细、戏，全都说成"思"的音。要命的是把"洗"说成"sǐ"。客人到主人家做客，睡觉前起床后都要洗脸。主人倒好水请客人洗脸，客人客气："你先sǐ！"主人说："你先sǐ！"反复推让几回，还是客人先"死"。"谢谢你"在老家一般都说"难为你"，有时偶尔也说"谢谢你"，不过说出来是"瘁瘁你"。普通话里声母"j"，很多与韵母"i"组合的字，家乡人都把它说成"zi"。诸如鸡、机、几、己、记、计、寄、继等。普通话里的声母"d"，不少与韵母"i"组合的字，家乡话也都把它说成"zi"，如低、底、第、地、帝、弟等。普通话里的声母"q"，好多与韵母"i"组合的字，家乡话都把它说成"ci"，如期、其、骑、起、气、器、奇、齐等。普通话声母"sh"，只要和"i"搭配，在家乡话里就容易和"si"混淆，如使、事、士、史、师、柿、虱、驶等，家乡话都说成"si"。还有个别声母错位的，如把祥、详说成"强"，把二说成"阿"，把吃说成"七"等，这里就不一一列举了。

家乡话的声母还有一个奇怪的现象，那就是突破了汉语拼音的声母数量。普通话里"y"声母如果和"i"结合，就会发出"衣"的音，但家乡话说"衣"却不是这个音。家乡话说这个音的声母中在汉语拼音方案里找不到。这个声母的发音酷似国际音标中的[z]。[z]声母和"i"韵母结合，才能拼出"衣"的发音。如衣、已、以、易、艺、义、意、亿、医、依等。家乡话的这种发音，和我国甘肃青海的发音一样，这是一个值得研究的有趣现象。莫非地处华东的安徽人与西北人还有某种历史联系？

家乡话的声母发音的第三个现象，是难以分清普通话中分得很清楚的声母。比如鼻音"n"与边音"l"就分不清楚。小学老师最怕教这两个字母了。你在课堂上再怎么示范再怎么启发，学生也很难学会。由于"n"和"l"分不清，南和兰，那和拉、乃和来、囊和狼、闹和烙、内和类、年和连、鸟和了、农和龙、奴和炉、女和旅这些字的读音就统统分不清。

我有个老乡的爱人第一次乘火车到部队探亲，对我们说火车上的服务员真好，特别关心照顾我们女乘客，每一次停车之前，都特意给我们女乘客打招呼：各位女客，某某站快要到了，小心不要拿错您的行李包裹。把我们逗得哈哈大笑，但笑里一点取笑的意味都没有。细想想，我们这些所谓教授都分不清"女客"和"旅客"的发音区分，对于没出过门的农村女孩，她又怎么能分得清楚！

鼻子不大给力

——家乡话中韵母的几个问题

家乡方言中的韵母和普通话中的韵母，更是差异繁杂。黑，家乡话读 hé。红，读 héng。白，读 bé。腿，读 těi。脚，读 jué。粥，读 zhú。馍，读 mú。钱，读 qí。拖，读 dé。

我在师范读书时，一个瘦高个的语文老师给我们讲解课文，毛泽东的《清平乐·蒋桂战争》，上半阕是这样的：风云突变，军阀重开战。洒向人间都是怨，一枕黄粱再现。我们的老师用纯粹的家乡话读道：风云 té bì（特毙），军阀重开 zhèi（"这"的口语读法），洒向人 jī（集）都是 yù（欲），一枕黄粱再 xì（戏）。老人家把原词的韵改了，竟然还读得摇头晃脑、声情并茂，那样子让我铭记终身。

一些差异勉强可以用拼音字母标出，有的连相应的字母都找不出。好在这些个不是学习普通话的大难，只要平时注意，倒是可以慢慢改过来。

问题是有些发音，学都学不来，因为在骨子里你就分不清。对于鼻韵母，特别是前鼻音与后鼻音，在家乡话里就难以分辨。例如，chen与cheng分不清，凡读cheng的音，都读成chen。如成、称、乘、程、诚、承、呈等。gen与geng不分，凡是geng的音，都读成gen，如更、耕、羹、埂、庚、赓等。bin与bing分不清，凡是读bing的字，都读bin。如冰、兵、丙、并、病等。再比如，凡读ying的音，都读成yin，如应、英、营、莹、赢、影、迎、盈、映等。这样的例子一口气能举好多，症结就在n与ng的区分困难上，说白了，就是不认那个g，就是学不会把气流从鼻子里送出。

这样摆出地方语言和汉语拼音方案的不少差异，绝不是说方言有什么不对，当然更不是说汉语拼音方案有什么不对。我们把家乡方言与普通话相比，只有同与不同的问题，没有谁对谁错的问题。

普通话是个标准问题，现代社会，是一个标准化的社会，什么都要有一个标准，汉语语言当然也要有一个标准。既然有了标准，地方语言就要与之看齐。但地方语言却不仅仅是思想交流的工具，同时也是一个情感寄托的载体。凡是在外的游子都知道，亲不亲，家乡音；美不美，家乡水。如果都要标准了，统一了，语言大同了，乡音消失了，那么，乡愁向谁寄，乡情与谁托？更为焦虑的是，如果语言过于规范化、标准化，方言势必萎缩。而方言萎缩，汉字势必跟着萎缩。语言文字都萎缩了，民族文化又怎么能不跟着萎缩？（汉字总数有人说大约90000个，康熙字典实收了47035个,现在常用仅3500个左右,之所以不用或不常用,根本原因是不说或不常说。)

所以我认为,我们的语言发展的方针应该是:规范化和多样化谐处,普通话和地方话并存。

四、亲友肖像

　　这一部分叫亲友肖像。是专门描写父母亲友的一组素描。亲友在我的心目中占有极重分量，特别是我的父母。在世人看来，他们都是一些平凡的人，但在我的心目中，他们既是平凡的人，也是伟大的人。他们的道德智慧，在精神上教育着我影响着我；他们的勤劳节俭，在物质上抚养着我滋助着我。父母的养育之恩，我奉为天地，兄弟姐妹的手足之情，我视如珍宝，亲友的关爱呵护，我没齿不忘，即便是一般乡亲的友善容貌，也都是我记忆画册中的上等珍藏。

我的外公外婆

我的外公家是一破落户。原先他们家有一个高大的门楼子，门楼后面是两横两竖四排瓦房，围成一个口子形的四合院，中间是一个天井，天井四周是走廊。房子是外公的爷爷盖起来的，到了外公父亲辈，不知什么原因，家道衰落了。

外公是个高个子。在我儿时的记忆里，他一开始就是个白发老头，留着小胡子，也是花白色的。身体瘦癯，背不驼但腰有点拱，天一有点凉，就穿起长布衫，活脱脱一个明清国画中的山野老叟的样子。家虽败了，一些富人家的习惯却改不彻底，烟酒一直没有戒掉。烟是自家菜园里种的旱烟，收获后由烟匠用刀切成烟丝收藏，手头放少许以便烟瘾来时取用。外公的手头烟丝放在一个小四方体的铁盒子里，烟丝上放一片青菜叶，这样可以使烟丝保持湿润柔绵。外公的烟袋是那种铜质水烟袋，即烟袋的主体部分是一个铜质扁壶，里面盛水，壶的上方焊有一长一短两根铜管：短管插烟锅用，烟锅也是铜的，由锅和管两部分组成，管比烟袋管略细，正好能插进去；长管吸烟用，弯弯的，吸管头部有玉石环套，一方面便于抽吸，一方面也是装饰。外公要是想抽一口了，就悠闲地打开铁烟盒，从中慢慢捏出一撮烟丝，不松不紧地摁进铜烟锅里，然后拿起点燃的麻秸，噗地一口吹出火苗来，逗上烟锅，不紧不慢地先将烟吸着，再将麻秸吹灭。同样一根麻秸，吹出火和吹灭火，用的口型和气息是不一样的：吹火时，先将嘴唇变成小圆，让气流从这个小圆里有力地冲出去，然后立即用舌头堵住口唇，让气息戛然而止。灭火时，嘴唇抿起来，对着麻秸随便吹出风就可以了。对着麻秸吹出明火是一个技术活，是要通过反复演练方能学会的。麻秸是剥皮后的芝麻秸经水浸泡而成的空杆，用时在锅灶或火篮里点燃，再用嘴吹出明火，这样可以节省那时叫洋火的火柴。水烟袋抽起来，烟袋肚子里发出呼噜呼噜的水响声，甚是好听。那也是技术活，就是嘴巴不要包得太紧，吸时不要过于用劲。我曾经偷偷地吸过，结果口型过严或用力过猛，吸了一嘴巴酱油色的烟袋水，又苦又涩。古人的这种水烟袋的设计，就是要让烟过水面，用清水吸附掉一部分烟雾里的有害成分，再进入人的肺部，以减少烟对人体的伤害。吸附过烟毒的酱油色的水，涂抹在腿上，下田栽秧割稻，蚂蟥都不敢叮咬，可见其水之毒。

外公的中午饭经常有酒，就是街镇上卖的那种散装酒。酒坛口分别挂着一两、二两、半斤、一斤几个舀子，要多少打多少。外公没钱，每次也就是几两而已。他喝酒必须喝热的，夏天在井罐（灶台上两锅之间安装的铁罐，里面装水，利用做饭时烧火顺便将其烧热，再使装满热茶的茶壶落在其上，茶可保持温度半天

四、亲友肖像

173

有余）里烫热，冬天在烘篮（木桶里放一钵，内燃木炭，供冬天烘火取暖）里烤热。他有一把极小的陶制酒壶，淡紫色，造型十分别致，有嘴有把，可捧可提，估计能装二两酒的样子。可是我从来只是看他往嘴里灌酒，而没发现他往壶里倒酒，好像那小酒壶里的酒倒之不尽饮之不竭。这已让我十分好奇，再加上他喝酒时的声音和陶醉的表情，让我更加感到喝酒十分神秘。尤其是那烧酒是加了热的，空气中有十分浓烈的酒味，特别刺激人的神经。每次他喝酒，我就在一边呆呆地观看。大概是发现了我有想尝试的意思，有一次，他居然把酒壶递到我跟前，让我尝一尝。我自然求之不得，对着壶嘴上去就嘬了一口。可能是吸气吸多了，酒就呛到气管了，结果就像一股强大的冲击波，直向我的五脏六腑而来，我半天不能出气，小脸憋得通红。他在一旁苦笑："叫你泯一点，哪叫你嘬呢。"这就是我平生的第一口酒，那时我还是个几岁的娃娃。

外公七十出头就极少下地劳动了。虽然不能下地，但在家里也不闲着。他常年在屋里搓绳子、捶穰草、打草鞋。他打草鞋的手艺极高。白天可以打，晚上看不见还可以打。草鞋编好以后，还要再用木槌正反敲打数十下，再用剪子进行一番修理。这样穿上软和，样子好看。他打的草鞋，你看不出穰草的添加处和接头处，一双草鞋没有一根草戕出头来的。草鞋打多了，有时也上街去卖三五双，换点油盐钱。

我外婆和外公一样，是个脾气极好的人。她的脚是标准的三寸金莲。外婆出嫁之前，是小家碧玉。外婆的娘家我去过，离外公家有十五里路，山高林密，泉水叮咚，风景极美。我舅爷家族也是一个殷实家族，还出过一两个读书人，在当地小有名望。我舅爷家不用水缸，厨房门外就是一汪泉水，锅台和井水仅一步之遥，随用随舀。那水，夏天彻骨的冰，冬天却冒热气。

外婆是庄子里最出名的烹饪大师。尤其以腌菜著称。腌制的萝卜、豇豆、白菜、葱头、蒜瓣、雪里蕻、洋禾姜等各种蔬菜，既香且脆，是喝粥吃糊汤的绝好小菜，就是吃干米饭就这些小菜也能连干三碗下肚。至于腌制的鸡、鱼、肉、蛋，蒸出锅来，更是能香出十里路去。

炒花生也是外婆的一绝。炒出来的花生给人的感觉像是未下过锅，一尝才知道香脆异常。腌菜我不懂，但炒花生的诀窍我知道，因为经常是只要我一去，她就要为我炒花生。外婆炒花生就是四个字：慢工文火。先开一点大火，将锅烧热，将花生倒进去用锅铲炒几下。等花生热了，就盖上锅盖，开始变小火，慢慢儿烤。（大火小火不是我们现在的煤气灶，可以拧阀门来调节，那全靠往灶洞里搁柴多少来把握，是很有难度的一件事。）十来分钟再揭开锅盖炒几下，让锅里的花生翻翻身。三番五次，没有一两个小时不出锅。那时候我们小，等花生起锅是一个十分磨炼性子的事情，往往花生未到口，口水和着香味已把肚子填饱了。这时候她也会先铲出一点让我先解解馋。

外婆在庄子上最出名的还不是她的烹饪技术，而是她的仁慈。她是连蚊子都不忍心打死的人。俗话说，穷不离猪，富不离书。二十世纪六七十年代，在农村，几乎家家都要养猪，靠卖猪换回家中较大额度的用钱。因为家里经济困难，劳动力少，猪饲料不足，外婆家养的猪总是不容易喂肥。人家一年卖一头肥猪，她家要两年才能勉强养肥。这样，她对猪的感情投入就要比别人多一倍。一天三顿，挠痒抚摸，犹如现在有人对于宠物，猪就是她的

四、亲友肖像

175

小孩似的。每当决定猪要卖了,她一定不准像别人家那样把猪捆起来抬到镇里的生猪收购站,而是要我老舅牵上它,像散步似的步行到镇子上去。即使这样,还要亲自送出去老远,再三交代:路上不要打,不要踢!等看不到猪的影子了,她还站在那里,一个劲地抹眼泪……

我的父亲

说到中华民族的脊梁,大部分人都会想到历史上的杰出人物,脊梁不过是一种比喻而已,而在于我,每每看到这几个字,眼前闪现的却是那些黑黝黝、油光光、直挺挺、厚墩墩、宽绰绰的具象脊梁。在中国广袤的田野里,有着几千年以来一直延续的不计其数的这样的脊梁,我父亲就有这样的脊梁。

我的父亲行二,他上面有一个姐姐。父亲生下来没几天,我的爷爷就失踪了。我的奶奶带着他们姐弟俩四处讨饭。后被詹家老屋一家强留为妻,父亲沦为拖油瓶。

父亲九岁就帮人放牛。在我们老家,讲年龄都是虚岁,出生当年就是一岁,哪怕是腊月生的,过了年就是两岁。九岁放牛,这话现在听起来不可思议,但在当时确是事实。帮人的帮也不是帮助的帮,而是用劳动换取微薄收入,是受雇于人的意思。耕牛是极通人性的,九岁的孩子放牛,谁听谁的还真说不清楚,可能

是互相迁就着来吧。

到了十七八岁，父亲选择了帮人挑扁担，就是往返于长江两岸，把桐城或安庆老板从江西景德镇定下的瓷器，徒步挑到他们经营的瓷器店。挑夫的职业一干就是十年。长途挑担，练就了他宽阔的肩膀、坚挺的脊梁和结实的腰板；风餐露宿，逼出了他特别能吃苦、特别能节约、特别能坚持的精神。一百好几十斤的东西，他挑起来毫不费力。记得是1967年夏，生产队主力社员在场地上比赛挑稻把子：用钩绳把两担稻把捆成一担，看有谁能挑起来，我父亲把大手巾往腰上一扎，双手小臂一搭撑担，硬是把这200多斤重的稻把起在了腰间，正要上肩，被生产队长紧急制止。他当时年近60，若闪了腰那不是玩的。父亲去世后，我们兄弟抢着要留下他的一件纪念物，就是他当年挑瓷器用过的大扁担。扁担黑里透着枣红，上面浸有父亲十年的汗水。我小时候对这根挂在墙上的扁担也非常好奇，它不同于一般的扁担，而是几乎弯成月牙形。我曾经偷着取下来试扛过，刚上肩就让它翻了个身，把我的耳朵打得通红，此后再不敢摸它。

成家后的父亲搬离了詹家老屋，买了一处被废弃的旧地基盖了三间茅屋，过上了单门独户的生活。由于是孤庄子，生产生活多有不便。特别是大型农具，每每都要靠租借别人家的。世上最难的事情就是求人。有一年父亲在门口租田里种了一季水稻，割到场上准备晚上打稻，没想到借牛借石磙却遇到了麻烦：主人只答应借石磙，不答应借牛，因为主人不放心让宝贝耕牛夜行一里多的山路。作为曾经的放牛娃，父亲对这一点表示理解，不过没有关系，大不了自己当一回牛，只要肯借石磙就行。石磙也要等别人家稻打完之后才能借用，父亲等到已经快下半夜了，答应帮忙抬石磙的人早已回屋睡下，父亲不好意思再叫，用脚踩了踩二三百斤重的柱体青石，用手扣住小头将它就地竖起，膀子往上一靠，一咬牙，扛上就往家里走。星星作灯的夜路，沟沟坎坎的小道，到家里，放下石磙，他自己也累得瘫倒在地下，把母亲都吓呆了，忙上去扶，父亲自己爬起来，把石磙套上磙浪枷，把经索往肩上一背，开始像牛一样，在被母亲铺好的稻穗上拉着石磙转圈。

有一年腊月二十八，阴了多日的老天下起了雨雪。父亲去邻村请人写对联。写对联的是一位老私塾先生，正在一家厅屋里给族中人写对联。满厅屋里都是写好的对联。父亲说明了来意，先生倒也应允。但要我父亲先帮他一会忙，帮他把写过的对联在火盆上将墨汁烤干。父亲满口答应。他写好一条，父亲拿去烤一条。但因天气太潮，火盆又是暗火，烤力不强，墨汁难干。于是父亲想了一个办法，拿来两条大板凳放在火盆两边，将几副对联一起耽在凳子上，先生对我父亲的设想表示满意。父亲忙前忙后，搬弄纸张，闻着墨香，感受从未有过的人生体验。突然，一阵寒风袭来，板凳上的对联有几张被风吹落，手中正拿着刚写好的对联的父亲急忙上去抢救，结果还是有两条对联被火烤得焦煳。私塾先生顿时火冒三丈，大声训斥责骂，不忍卒听。父亲赶忙道歉，仍无法平息先生之火。一阵大骂之后，先生说："把两条烧煳的拿回去，算是我给你的！"父亲拿回的对联，母亲展开时，焦煳处已经成了破洞。我母亲多少还认识一些字，怀疑两条内容不是一副，但怕我父亲震怒，反而劝说："不就是被火烧了一点吗？后天我打浆糊把它贴上去，这叫红红火火，吉利着呢。"自此，父亲就在心中立誓，将来自己有儿，一定要他读书写字，自己家的对联自己写！后来，我们兄弟四人，先后给村里村外写了无数春联，不少都是自己倒贴笔墨纸张，态度还特别好。

父亲是家乡出了名的节俭的人。在我们家，吃红薯绝对不让剥皮。他对自己节俭，对外人却显得江湖大方。对那些来家要饭的，从没有让其白来过，对到门口来卖货的货郎特别是卖窑货的人，都有烟茶招待，赶上了时间甚至请到上座吃饭。对来家借用檩子磨子碓窝等器具的，更是从不拒绝；对那些揭不开锅的人，总是想着办法给点周济；对混得不如他的人，见面总是客气有加。他能做到这些，不是因为别的，因为这些苦难，都是他的曾经；这些人的身份，都是他的曾经。

1948年，我的一位在县大队打游击的堂叔，不幸在河棚战斗中，遭国民党军队俘获。这些广西蛮子，在河棚镇街头当众把我叔叔的心挖去下酒，并发出警告：任何人不准为他收尸，否则视为共党！父亲冒着生命危险，乘着黑夜，偷偷将他这位堂弟的遗体，扛到拐弯山嘴的树丛里，解开他身上的绳子，连扳带拽地给他换了一身干净衣服，一个人用大锹悄悄挖坑，赶天亮前将他下葬。堂叔的母亲因对这位独子思念过度，不久也离开人世，仍然是我父亲将她安葬，并年年为这一对可怜母子做清明，亲手给坟茔培土块插采吊。因他们家中已经没有了人，1951年县政府把烈属证发给了我家，承认我为烈士的继承人。以后年年春节，都有慰问品，或一缅挂面、或一刀猪肉、或一包红糖、或一副对联，直到1969年我应征入伍。

说勤劳是劳动人民的美德，不如说是穷苦百姓的本分。贫困是个最古老的学校，它教育贫苦之人认知：不勤劳，是在等死，不思变，迟早穷死。财富不会自动走进家门，要靠勤劳去争取，但勤劳不等于死干，关键还得要有智慧，有筹谋，有理想，有目标。父亲是家乡一个出了名的勤劳的人，家乡人把他说成是"跌倒抓把草"的人。但他更懂得动脑筋做计划。有些计划是带有战略性的。他常说的一句俗语就是"吃不穷，穿不穷，计划不周一世穷"。他的每一分勤劳都是按照他的理想、奔着他的目标去的。他用勤劳去实现目标，使目标成为可行；他用目标去激励勤劳，使勤劳能够恒久。小时候，他的奋斗目标是有个自己的家。成家后，他的奋斗目标是买田地。

　　人的一生能在自己手上盖一次新房，就是一件很了不起的事儿了，我父亲却盖了四次房。第一次是三间草房，第二次是两间带楼的瓦房，第三次又是三间瓦房，第四次一间瓦房。哪一次都是拼了命干出来的。特别是第三次，连地基都是一锹一锹铲出来的。因为本来我家房屋周围的宅基地都被父亲开成麻地培成竹林，后来都成了生产队的集体土地，我家再盖房已经没有地方了。而我家后门面对山坎，一色的麻古石（一种风化石），父亲早早晚晚，零敲碎打，十年的工余时间，硬是挖出了三间屋的地皮。所需的墙脚石也是父亲在上山下河的劳动收工时从野外一块一块地捎带回家的。初中语文学习《愚公移山》有一幅愚公挖山的画，我怎么看怎么像是我父亲，因为自我记事起，就记得他在屋后面挖山挑土。

　　父亲对子女不苟言笑，极少说教。我只记得他不止一次说过，芦镇关某人，9岁就一个人到舒城探监看父。舒城离芦镇近50公里，当年没有公路没有跑车，全靠步行。可以想见，山路弯弯，前程漫漫，一个虚龄9岁的孩子，背着干粮雨伞，走在完全陌生的探监路上的情景。当时不太理解父亲为什么要多次说这个故事，现

四、亲友肖像

181

在才知道，他老人家无非是望子成龙。父亲对我们总板着面孔，但我们都知道他对我们极爱。我上小学期间，腿上害了蛇癞疮，就是骑在他的肩上一次次去镇上涂紫药水，血水多次浸染了的衣领和脖项。我上中学，是他挑着衣被行囊送往；我在学校病了，是他去学校抬我回家。父亲在家中的威信极高。在我们家，父亲就是皇帝。我们子女在他面前不敢大声说话。有时嫂子们在家说笑，一旦听到我父亲下地回来在外面发出一点动静，立马打住，并立即收起笑容散去。

  我对父亲的记忆太多太多，最印象最深的，还是他那宽阔、直挺、古铜色、倒三角的脊梁。盛夏的晚上，父亲从山上劳动回来在门外场地上喝稀饭，我们小孩子，都曾经在他的脊梁后用芭蕉扇给他扇过风，赶过蚊子。

我的母亲

所有的母亲，都是这世间最尊贵的。我的母亲就是世间最尊贵者之一。

我母亲出身望族，她爷爷手上家道兴旺，建有几百平方米的大四合院，门楼高耸，东西厢房，厅堂两进，中间一个天井，天井四周有内廊相通。后来不知什么原因家道败落，庭院被兄弟平均分割，每家只剩三四间屋，前厅成了过道，直通天井，庭院门楼在大跃进时被拆，整个院落就像一件被撕去了领子的破上衣，彻底就没有像了。母亲幼年被裹成小脚，这是中国也是人类最后一批裹脚女人。标准的三寸金莲，比粽子大不了多少，除两个大拇指外，剩下的八个脚拇指全部被裹进脚板，软软的没有骨头的样子，和她同龄的女性的脚裹得都没有达到她的标准。可见富户人家的讲究要比一般人家严格得多。母亲终身裹脚，因为离开老厚的裹脚布她寸步难行。母亲小时候读过几年私塾，读的是女子四书。和她同龄的女子读书，在方圆几十里没有听说有第二个。她读书很认真，直到老时她还能不时地背诵，一背好长一串。她的一生，都在践行着她幼年所学的教条。

母亲嫁给我父亲，正是她家最为潦倒的时候。因为我父亲是随我奶奶讨饭来詹冲的，真正是上无片瓦下无立锥之地，祖上连稻草都没有留给他一根。结婚是借人家的房子住的。直到我父亲挣钱买了地皮，盖上了三间茅草屋，我母亲才算正式有了家。当年我父亲是挑大扁担的，给东家挑窑货挣脚力钱，长年往返于安庆与景德镇之间，家里只有我母亲一人，守着一个孤庄子，前后左右没有半个邻居。那时候老家老虎豺狼都有的，经常听到豺狼的嚎叫犹如半大的孩子。母亲有些害怕，她不是怕自己，而是怕孩子被野物祸害了。夏天晚上孩子们在屋外场地上凉风，她都要拿个扬叉（叉草堆草用的长柄铁叉）放在身边，随时准备与来犯的野兽进行搏斗。直到新中国成立后，我家分得了土地，父亲结束了长工的生活，家里的安全才得以保障。

母亲是绝对的家务总理，一日三餐、纺织缝补、收藏归置、清扫洗涮、猪狗鸡鸭、菜园种采，全部家务，集于一身。真正是两眼一睁，忙到熄灯，连打盹的时间都没有。两只如莲小脚，屋里屋外成天笃笃不停。家务事虽然繁重冗杂，但却被她轻重缓急有序安排，忙而不乱。即便是孩子在摇窝里哭叫连天、小猪在脚下叽歪乱拱，她也能心有定数，从容应对。

穷人最大的特点就是节俭，我母亲也不例外。那时的一年四季都是没有肉吃的，一般都是过年前称点猪肉或者鱼，除大年三十做点鲜肉鲜鱼之外，其余大部分都要腌制起来，以供平时待客之需。有时来了贵客，蒸上一碗，客人走了，吃剩下的放凉了再次收藏起来。那时没有冰箱，剩下的腊肉咸鱼就放在一个大瓮子里面。下次有客人来了再次取出，增加一些凑成满碗蒸熟端出。一碗肉有时要反复多次入瓮，反正自己是丁点不沾，就像一个佛徒。不仅是鱼肉，就是油炸食品如糯米圆子、豆腐果等，也都是瓮中常客。那瓮体半人多高，每次母亲放取东西都要趴在瓮沿上，小脚踮起几乎就要离开地面。贵重的菜肴食品如此，就是一般的菜，剩下的也都是上顿留到下顿，绝无半点浪费。即便已经馊了，别人不吃，她照样也要强咽下去。饭做好了，她总是让别人先吃，她自己断后。够，就多吃一口；不够，就少吃一口，如果没有了，她就用茶水烧点锅巴汤。长年如此，她中年就落下了胃痛的毛病，经常用手捂住胸口。本就瘦弱的她，这时候就显得更加瘦小。节俭不仅表现在吃喝上，也表现在穿衣上。大人小孩都是土布衣服，非白即黑。全家没有几件衣服上没有补丁。我的兄弟姐妹多，衣服都是老大穿了老二穿，实在补不出来了，就撕成碎布糊袼褙铺鞋底，没有一寸浪费。

在我眼里，母亲是最能干的。凡家务劳动，无所不能；凡女工女红，没有不会。就拿做饭来说，一大家子最多时达十余人的饭菜，做好了已非易事，更何况隔三岔五要度过饥荒之年陷入无米之炊。不要说粗细搭配、粗粮细作，就是糠麸野菜、无油少盐，也是她必须应对的课题。遇到丰收年景，母亲的烹饪手艺更得以展现，如发粑粑、蒸米糕、裹粽子、做糍粑、扤豆渣、发麦芽糖、晒黄豆酱等。我最爱母亲做的发粑粑。用芭蕉叶托底蒸出的发面粑粑，散发着小麦面和芭蕉叶混合的清香，表面光洁细嫩，内里犹如蜂巢，吃起来松软可口且带有淡淡甜味。丰年过年，更是要熬糖做糖、炸制各种面点和豆类制品，腌制腊肉鸡鱼、各类咸菜，

四、亲友肖像

凡家乡农村常见的吃食制作，哪一样也难不倒我的母亲。在我母亲的时代，女红是妇女合格的关键性指标。在这方面，我母亲也是一个行家，搓麻纺线、编织衣带、绣花做鞋、缝补浆染，哪样都能拿得起来。她把经线一头拴在房门鼻上，一头拴在自己的腰上，用手梭织出全家用的裤带、围腰带以及小孩的肚兜带，上面还打出白果、梅花等图案花纹。她补衣服更是一把好手，无论是布料选配，还是补丁设计，都极花心思。关键是针脚极小，而且根据需要，采用跨、滚、骑、回等各种针法，衣服补好了，补丁像是长上去的，不细看几乎看不到针脚。母亲还会缫丝。我二姐出嫁前几年在家养蚕，所以年年都要缫丝。家里面并没有专门的缫丝工具，只是自制十来个小铁环用竹竿在灶台上空吊起来，然后把茧倒入锅中放水烧开，等茧都飘起来，再找出茧上的丝头，一一穿过锅上方的小环，蚕丝就源源不断地被卷入放在灶台面上的轱辘里，直到丝被抽光，露出一丝不挂的蚕蛹来。每当这时，是我们小孩最兴奋的时候，因为接下来就要油炸蚕蛹了。可怜那栗色僵硬的蚕蛹，翅膀腿脚已初具形状的蚕蛹，痛苦煎熬准备换个活法的蚕蛹，把它的产品连同它的生命，全部贡献给了人类。

　　母亲极讲卫生。不论春夏秋冬，几乎每天都要拎一大篮子衣服下河，清清河水哗哗地流动着，最合她讲究卫生的心愿。寒冬里河里结冰，就在家里的水塘边洗，用棒槌把冰捣碎，有时冰太厚，棒槌捣不破，还要从家里扛上碓头砸冰，一件衣服洗下来，手就冻得红萝卜似的，就这样，也改不了她浣洗的习惯。我们兄弟姐妹的衣服虽破，但什么时候都是干干净净的，全缘自母亲洗得勤。她的洗涤习惯甚至有些过了，大人小孩的棉衣棉裤，她也要一年一洗，搞得我们的棉衣棉裤都像铠甲似的，一点都不暖和。

我母亲对家庭卫生和子女卫生要求十分严格,对自己的个人卫生和形象也颇为讲究。我记事起,母亲就是粑粑头,满头乌发全都向脑后梳拢,然后挽成一个粑粑结,用一个网子兜着。什么时候母亲的头发都梳得一丝不乱,头顶别一个簪子,簪子一头是绿色的葡萄形状的玻璃球,祖母绿似的,煞是好看。母亲还十分重视室内环境卫生的打扫和收拾,从厨房到卧室,从堂屋到厅屋,从来都是干干净净、清清爽爽的,各种东西放置也都是有序的,我们有时着急要这要那自己又懒得找,一问母亲在哪里,母亲都会及时回答,准确无误。母亲对房前屋后的卫生环境也非常重视,总是力所能及地保持卫生、整洁和美好状态,门口四周除了桃、杏、梨、枣等果树外,还在竹园里面种上各种鲜花,如鸡冠花、指甲花、洗澡花等,我们小时候常常拔指甲花染指甲,把小指甲染得红红的,心里美滋滋、甜丝丝的。

　　母亲的脾气极好,从来不打骂子女,教训是有的,但都是轻言轻语的教导、劝诫而非训斥。在我的记忆里,她从来没有和父亲吵过架。对于母亲,父亲的意见就是最高指示,她从来都是夫唱妇随。只有当父亲打骂孩子的时候,母亲会出面加以阻止,偶尔言语严厉,一反常态,那完全是出自做母亲的天性。母亲对乡里乡亲更是无微笑不说话,从不和任何人拌嘴。母亲不仅对人和善,对猪对鸡也有和善之心。农村因为养鸡,家里的地面免不了就有鸡屎。我母亲把对鸡群不停地轰赶和对鸡屎及时的清扫当作家务间隙的调剂,一有空就是这两件事。尽管不停地赶鸡,那些鸡也不怕她,它们知道我母亲深爱着它们,所以前脚赶走了,后脚又偷偷摸摸的回来了,母亲把它们没有办法,毕竟那些都是家庭银行大员,卫生归卫生部管,下蛋归财政部管,虽然部长都是

四、亲友肖像

187

母亲，但执行起来卫生部还是要让着点财政部，怕卫生管得太紧，不利于它们产蛋，只好睁一只眼闭一只眼。家里养的猪，对母亲更是有情感，一到饿了，就哼哼着去拱母亲的裤管，撒娇的本领比我们小孩还要高超。哪怕裤管被弄脏了，母亲也舍不得踢它们一下，嘴里一边数落着一边为它们准备吃食。

　　母亲什么都会，就是不会杀生。凡是要杀鸡宰鸭的，必定要等我父亲动手。等父亲把血放干净了，她才接手去收拾。偶然哥哥姐姐抓住乌龟王八的，必然被她放生。这一生在她手上丧命的，只有蚊子和苍蝇。老鼠是她的最恨，她也是会打的，可惜她没有打杀老鼠的本事。有一回，四妹上山挖药草，捡回来三个野鸡蛋，汤圆大小，身上布满麻点点，像是穿了迷彩服似的。本是很高兴的，没想母亲看了，口中连叹："这下要把野鸡急死了，这下要把野鸡急死了！"要她马上送回。当时太阳已搭山口，劳累了一天的妹妹说明天送回，母亲说："过夜野鸡就不认了。"没有办法，才十三四岁的四妹，硬是上山将野鸡蛋送回原处，来回好几里路，加上找那个野鸡窝费的时间，回来时天已经黑了，母亲去老远接她。

　　和绝大部分同时代的人一样，母亲也有些迷信。算命的瞎子从门口过，给人口水喝喝，瞎子打打嗓子就要给我母亲算命，硬是算出我母亲活不过花甲子。老人家从此背上包袱，1970年后，就老是掐手指过日子，说自己恐怕过不了几年了。1976年，我在唐山大地震受伤回家，她又向我提起，我劝她不要相信，当然这种劝解不可能有什么用。后来我在天津写信告诉她，我说我找著名大师重新给你算了命，大师说你劫坑已过，现在能活到84岁。当然我是在骗她，我连母亲出生年月一概不知，怎么给她算命？

我母亲生了11个子女，有9个成活，每一个子女的生日连时辰都记得清清楚楚，反过来，我这个当子女的就万分汗颜了。虽然我是在骗她，但万万没有想到，老人家果然84岁仙逝。头天晚上睡觉，第二天我弟妹叫她吃早饭，接连几声没有答应，到跟前一看，发现她已经没有了呼吸。天知道她老人家是不是一直记着并相信我所说的84岁是她的大限。我只不过是按照农村"七十三、八十四，阎王不请自己去"的说法，随口编了一个数字去安慰她，没有想到却一语成谶，早知道我多说几年该有多好！母亲虽然生了9个子女，但没有一个叫过她一声妈，这也是瞎子搞的鬼，说如果子女都叫妈，对母子都不利。所以我大哥大姐把母亲叫大妈，我二哥二姐把母亲叫二婶，从我以下，又把母亲叫大妈。不管我们怎么叫，我们都是她老人家身上掉下来的肉，她老人家都是我们子女的保护神。我们有谁要是在外面受了惊吓，她都要在傍晚时分拉着我们的小手，到我家下拐的小山岗，给我们"叫魂"：面对着空旷的静谧的山野，在这百鸟归巢的时候，一遍又一遍地叫着我们的名字，呼唤我们回家，一边叫着一边慢慢牵着我们往回走。在那即将被黑暗包围的危险里，只有母亲那粗糙的手才是最安全的缆绳。那种带有旋律的温馨的叫声，是我以为天下最美的声音，它能给我们最大的心理安慰。听着这种召唤，白天在外受到惊吓而半悬的心，渐渐落入肚子里，仿佛游离在外的灵魂，慢慢地在她的召唤声中回归于身体。

　　我母亲不是什么特别的人，在那个时代，老家绝大部分妇女都是这样的人，中国农村绝大部分妇女都是这样的人。她们没有一盒装扮脂粉，没有一件"洋布"衣服，没有一张文凭证书，没有一丝社会地位，只有那无休无止的家务劳动，和对家庭成员无

边无沿的关爱。但是，如果没有她们，没有她们的劳作和爱心，这个家就会迅速崩溃甚至瓦解。小时候听家乡文化人说，仓颉造反了两对字："高"与"出"，"牛"与"半"，我说还有可能造反了一对，那就是"安"与"家"。屋有女人，那才叫家，家中有猪，心里才安。

我的大舅

我的大舅两三岁时，因为一次生病高烧不退，吃朱砂退烧，结果烧是退了，人也傻了。有人说是朱砂吃过了量，也有人说是高烧把脑子烧糊了。不管什么原因，反正从此，一个活泼可爱的男童变成了一个傻子，我们老家把傻子叫孬子。

孬子大舅看人目光有些呆滞，走路脚步有些沉重，说话都是单词或短句，且语音不清晰，因为他学说话的时间太短，高烧后耳朵就半聋了，就是学也是学口型而已。但生活能够自理，也能够从事简单劳动。他与那些一生下来就不正常的人不一样，他不是先天的，他的智力正常发育到两三岁，然后才开始缓慢下来的。

孬大舅一生干得最多的活是放猪。因为家穷，垒不起猪圈，猪只好拴养在屋里的锅灶的角角边，在屋里吃食，在屋里睡觉，但要定时放出去一段时间，让它溜溜腿脚，解决一下大小便。这和现在城里人养宠物是一样一样的。猪和狗一样，每当放生时十分高兴，因为到了外边，可以释放它的本性，可以拱地皮，找零食，吃青草。大庄子的猪放出去，最好要有人看着，要不然跑到屋前房后别人家的菜园里可了不得。再说，遍地猪尿猪粪污染环境，也需要随时收拾，猪肥是种庄稼必需的肥料，捡回来放在自家的厕所里，还可以变废为宝。外婆养了一辈子猪，大舅也就放了一辈子猪。

给我印象最深的，还是孬大舅捡杏核。外公家门前有两棵大杏子树，树龄比外公岁数大，都十来米高。一到杏子成熟的五六月份，满树的杏子黄中透红，看了就要流口水。满树的杏子就外公家里四个人是无论如何也吃不完的。成熟的杏子在树上是挂不长的，一起风就要下一阵杏雨。那时还不兴卖杏子。土产，在乡镇卖不出价钱。到县城？四十公里还不通公路，想去也去不了啊。怎么办？好办，谁爱吃谁吃啊！不过，镇子上的药铺收杏仁，几分钱一斤，有多少收多少，一次性出手。人家吃了杏子，把核胡乱吐在地上，孬大舅就把它一颗一颗捡起来，洗干净，用锤子砸出杏仁来，晒干了，用牙一咬能听到嘎巴一声了，再让老舅帮他卖到药铺去。孬大舅捡杏核可认真了，两棵杏树的前后左右都是他的搜寻范围。拐头拐脑，墙角旮旯，概不放过。就是蹦到石头缝里，他也要把它抠出来；就是掉到水凼里，他也要把它捞上来。他的认真和专注就像是在地上捡元宝。因为他懂得，杏仁可以换来票子，票子可以换来物品。每当他的劳动换来一斤盐巴或四两红糖时，他的脸盘笑得像一盆盛开的菊花。

孬大舅还有一个绝活，就是扫稻棵子。所谓扫稻棵子，就是田里的水稻收割之后，把收割过程中洒落在田里的稻粒扫起来，回来喂鸡喂鸭。由于是水田，虽然放干了水，但田面是潮湿的，洒落的稻粒半陷在泥里，要把它们扫起来，难度是很大的。一般人寻找，总喜欢骑马观花，东扒西扒，挑肥拣瘦，时间都浪费在寻找上，而孬大舅低头寻找，神情专注，差不多的就下手。这样，他总是比别人更容易发现稻粒。一旦发现相对集中值得一扫的洒落稻粒，就蹲下去，用类似大食堂刷锅用的竹篾把子，开始扫。孬大舅扫的动作十分专业。一般人是横扫，即扫把水平用劲，这样扫着扫着，就把一部分稻粒摁进了土里，看似不少，扫到手的却不多。而孬大舅是剔扫，每一个动作都像是在书写汉语拼音四声里的阳平。还有一点，就是孬大舅一旦开始扫，就务求一粒不剩，就像在那里捡拾金豆子。由于大舅的专注执着，同样的一块田，他的收获往往比一般人要多。

孬大舅最大的贡献是帮我大姐带孩子。我大姐搬迁到外公的庄子后，外公一家的衣服就全归她洗。清晨洗完衣服，白天还要去生产队干活，孩子没人带，就交给孬大舅。孬大舅带孩子就像个女人，细心周到。唯一的缺憾就是他不会说话，不能用语言和孩子沟通。我们老家对带孩子有一句话，叫谁带像谁。这话是有道理的。因为孩子是一言一行、一招一式都在模仿大人。果不其然，孬大舅带得最多的我的一个外甥语音发育就似乎比同龄孩子要慢一些。我大姐特别是大姐夫也感觉到了，但迫于生计，也只好由他了。谁都没有料到，这个外甥后来上学发奋努力，考上了大学，分配到地区人大，竟然一步一步还当了一个委的副主任，官至副县，这在我们那个山村还是头一个。不过，这已经是我孬大舅过世二十多年后的事了。

孬大舅是我外公家脾气最大的一个。他发脾气的对象只是家人，特别是外婆。所为都是日常的穿衣吃饭等鸡毛蒜皮的小事。

四、亲友肖像

他发起脾气来的唯一表现就是数落别人。嗓门特别大，外人都听不懂，只有外婆最懂。外婆会耐心地解释，有时管用，有时不管用。

  孬大舅对我特别好，每次我一去，他都要大声打招呼："来啦？"拖着长腔，虽然语音不清，但带着浓烈的欢迎感情。我当兵后探亲回去，还看了他两回，背后他就叫我"当兵的"，问"当兵的呢"？他是明显地在想念我。可惜，还没有等到我再回去，他去世了。据说，他是在天明时去世的。没有任何前兆，晚上上床脱了鞋，早上没有穿上。在他去世之前，我的外公外婆都不在了，他的唯一的亲弟弟也百病缠身，自顾不暇。他没有享受别人病在床上几个月甚至几年的福分。他，一夜之间就断然走了，没给别人添太多麻烦。我们都替他可惜，也替他庆幸。

  孬大舅本来有名字，后来变孬了就没人叫了，村里人大都不知道他的真名，我也不知道。直到三十多年后要为他立碑，四处打听，才从我大哥那里得知他叫程少财，"少年"的"少"。

我的兄弟姐妹

我母亲生了11个子女，存活了9个。俗话说：龙生九种，种种各别。我们兄弟姐妹都是凡夫俗子，但却有着各不相同的个性和经历。

我大姐是我父母的第一个孩子，因为弟妹较多，大姐长到10岁时就送给人家当童养媳，21岁完婚，一人苦撑整个家庭，上有残疾二老，下有孤苦幼儿，所受苦难，三天三夜也讲不完。好不容易活下来，起了三间草房，没住几年，又被1969年的一场特大洪水夷为平地。

我大姐生有三男一女四个孩子，成人后都颇有出息，一个男孩常年在杭州打工，当上了小老板，小汽车都买上了；另一个男孩大学毕业后在地区人大工作，2012年被提为某委员会副主任。孙子辈的五个孩子都考上了大学，这在村里是唯一的。她大孙子2010年还考上了北京大学的研究生。在我们那个穷山沟里，到目前为止也是唯一。

　　大姐待我们这班小弟妹犹如亲子。每次去她家，都要尽其所有为我们做好吃的，回来时要送两站路到小河边，等我们过了河，她都还在抹眼泪，好像再也见不着似的。弄得我心里也酸酸的，不时地回望。

　　大姐80岁还在地里锄草，中午回家摔倒在自家门前，被邻居救起入住医院，从此挂着拐棍进入了她人生最后的低谷，孤苦一人，生活成了严重问题。四个儿女都很孝顺，无奈都不在身边。

　　我的二姐比大姐小两岁，十分能干，十分勤劳。里里外外都是一把好手。在外可以打柴采药薅草锄地，在家可以绣花做鞋纺线操丝，是我母亲家务活的重要帮手。二姐待嫁那一年，未来的婆家奶奶亲自来我家视察，二姐没有在家等候而是照常和伙伴们一起上山打猪草去了，中午很晚才回来，匆忙吃了几口饭，没事人似的又挑着猪草上街卖钱去了。她把乌黑的大长辫子往脖子上一甩，挑起一百多斤的担子，腰肢一扭一扭的，好看极了。未来的婆奶奶没捞得上和她说话，只好小脚跟在她的后面，用蒲扇搭凉棚远远地看。老人家一直追到我家下拐的山嘴上，目送二姐一里多路，脸上一直挂着微笑，回来跟我母亲说：表妈，这门亲事就这么定了啊！

　　二姐出嫁时十分风光。这是我父亲第一次嫁女儿，经过多年的准备，箱柜盆桶，衣裳被褥，一应俱全，嫁妆丰厚。下午四五点的样子，我二伯背我二姐上轿，二姐哭得死去活来。母亲吩咐我走在轿子前头，千万要压住步子，不让抬轿的人跑轿颠轿。那是1959年吧，我不到10岁，什么都不懂，但我懂得保护我的姐姐。轿子后面，抬嫁妆的队伍一两百米长，嫁妆都用红布铺盖或红纸装点，加上鞭炮噼啪，唢呐乌哇，好不热闹，惹得人们一路观看。二姐脚下火盆里的糖果被路人抢个精光。

　　二姐的牙齿雪白，笑起来好看极了，但她却不苟言笑。特别是到了婆家，更是忧愁满面。老是担心这个害怕那个，生了儿子怕娶不上媳妇，娶了媳妇怕抱不上孙子。由于长年忧愁，加上生活艰辛劳务繁重，60岁就过早谢世。

　　我的大哥比二姐小两岁，是我们家第一位男孩。他对我们这个大家庭付出最多。初小没有毕业就歇了书下地劳动，成了父亲的最好帮手。拿工分年代，他和父亲一道，成天在生产队劳动挣工分以换回工分粮，养活一家大小。大哥因劳累过度，营养缺乏，身体显得瘦弱，但非常能干，生产队所有农活都样样精通。

　　大哥最大的缺点就是脾气暴躁，结婚后没有多少收敛，分家后仍没有多大改观。有一回他不知在哪弄回一点肉，做好了用碗端过来给父亲母亲吃，难得一片孝心。无奈我母亲坚决不收，说他的孩子们小，正在长身体，要他端回去给孩子们吃，好说歹说就是不收。大哥一下子失去了耐心，啪地将碗狠狠摔到地上，猪肉四散，碗片乱飞。

　　大哥和所有的中国老农民一样，对土地有着深厚的情结。土地承包到户之后，待他通过抓阄得到的大田视如瑰宝，精耕细作，犹如绣花。土地流转政策出台后，经不住儿子的再三规劝，大田转给茶油专业户种植树苗。看着人家的挖掘机平整大田，他心如刀绞。看别人家外出打工，大好的良田撂荒，荒草满田，他心中难受，就像那些草长在他心上。

　　大哥现在也快80岁了，照样上山下地终年劳碌，那双一到冬天就裂口的大手握农具一点都不抖，可是一端碗拿筷子就抖得

四、亲友肖像

197

不行，医生说是大脑神经萎缩，没药治。他自己给自己开了处方，非常有效：三杯酒下肚，再也不抖。

我的二哥比大哥小两岁，读书读到初中。南港农林中学毕业，分配到河棚公社当会计。一天傍晚下班回来陪父亲挖地，不慎一铁爪挖到自己小腿，回家养伤数月。正赶上国家大量干部下放农村。二哥的伤养好了，人也被下放回本大队当大队会计。二哥天资聪颖，全县算盘比赛获得过冠军。

改革开放之初，他冒险承包了年年亏损的乡镇贸易货栈，专门经营农副产品。两三年里苦苦经营，倒也不赚不赔。一次为归还到期农贷，忍痛廉价卖掉辛辛苦苦从农户手中收集的几万斤苎麻。就在苎麻出手没几天，苎麻价格猛涨，使二哥遭受几万元的现金损失。二哥一气之下，卷铺盖回村。后不久，他的第三个儿子遭遇车祸丧生。二哥从此一蹶不振。一年后他消化系统功能严重紊乱治疗无效，人生旅程到60岁止步。

大妹比我仅小一岁，小时候我俩最为亲近。一起玩耍，一起采药，一起挖猪草，一起划柴火。大妹出嫁后，成为家中主力，和妹夫一起，养家糊口。为了生计，曾经一度承包生产队砖窑出窑的活。五六十度高温，一窑砖清出，眉毛都能捻成碎末。几十年下来，为两位老人养老送终，两个儿子也抚养成人，并助他们盖了楼房，替他们完成婚娶。按道理这一辈子任务基本完成，该是晚年歇息歇息了。不然！俩儿子打工并贷款在合肥买了一套住房，大妹要在那里买菜做饭洗衣拖地接送孙子上学，一家七八口人的繁重后勤全部一人承担，刚刚60出头岁，头发全部白完。为了儿孙，劳役无期。

二妹是我们家第一位上学读书的女性。她很聪明，也很用功，她的语文很好，喜欢即兴说顺口溜，一串一串的，还蛮押韵。

二妹结婚生完两个孩子以后，经常头疼发热，恶心呕吐。到医院无数次，县以下医院都查不出原因。遂决定到西安西京医院检查，医院对她进行骨髓穿刺，发现她原始细胞和早（幼）细胞数值接近白血病数值，初步诊断为疑似白血病或白血病早期。这种病穷人害不起，医生说你就去吃点中药吧。西安唐都医院说他们有一种药物可以试治，一个疗程一千多。我二妹一听摇了摇头，决定让我立马买票送她回家。

回家后没有任何治疗，即便犯病了，也只在医院挂一两天盐水就抬回家熬着，她自己和家人都估计她离死也只是一两年的事了。万没想到，后来犯病次数越来越少，两年后，病竟奇迹般地好了，此后30多年再没犯过。二妹今年已过60岁，她是一个创造奇迹的人。反倒是二妹夫走在她的前头。一个65岁的老人于2017年春节前夕在苏州某工地的脚手架上不慎坠落重伤不治，本来说好砌完那垛墙就回家过年的，没想就这么提前走了，丢下二妹一人。由于子女都不在身边，二妹晚年的困境不难想象。

1978年，当了三年兵的弟弟在本村小学当民办教师。为了转为正式教师，他开始自学考试，告别新婚，寄宿在离家15里之外他三姐（我的大妹）家，在芦镇中学集中按师范学校考试大纲系统复习。他抱着誓斩楼兰的决心，夜以继日，通宵达旦，经过半年的死打硬拼，终于如愿考上了舒城师范小学教师进修班，学习2年，经考试合格，转为公办教师。后成为村小学校长，小学高级教师。

他的结发妻子2014年因病去世，对他的打击很大。他们夫妻感情极深。妻子得病期间，他陪她四处求医精心护理。她病故后，他常去她的坟前久坐。看秋风落叶，任日落霞收。

　　小妹生在1958年底，母亲生她时已年近40，属于高龄临产，所以对她极为关爱。母亲亲自为她起名为嗣爱。这个名字在农村是绝无仅有的。小妹聪明美丽，皮肤白皙，就是体质较弱，瘦得可怜。1963年得天花没有挺过去。那一次我们小姐妹五人都染上天花，没有钱看病，大家一起听天由命。那天傍晚，小妹大概知道她自己不行了，突然要母亲给她做一套新衣裳。母亲听了，一把把她抱在怀里，泪如雨下。她自生下来没穿过一件新衣服，没穿过一件像样的衣服，没穿过一件本属于她的衣服！本来，早就应该给她做衣服了，可是钱呢？布票呢？孩子出世至今，这是她提出的唯一要求，而且极有可能是最后的要求，可是就这唯一的要求，最后的要求，再正常不过的要求，一点也不过分的要求，眼下也无法满足啊！母亲含泪安慰她说：等你病好了，我们上街去扯布，给你做一身花衣裳，好吗？小妹无力地点了点头，一个四五岁的孩子就这样在母亲的怀里咽了气。母亲高呼着小妹的名字，使劲摇着晃着，见小妹确实叫不回来了，才敢放声大哭。我从来没有听到过母亲这样撕肝裂肺、忘乎所以的哭声。我们在身边的兄弟姐妹全都哭出声音来了，那种悲痛是无与伦比的，到现在我回忆当时的情景，心中都不免伤感。

　　兄弟姐妹的事儿就简单说到这里。从中可以看出，虽然他们的个性和经历不同，但命运却是基本一样的，都遭受着这样那样的凄苦。由此可以看出，凄苦大概更加接近或更能阐释生命的本质吧。

五、格律诗章

这一部分叫格律诗章。格律诗词好比魔方。魔方有六个面,六个面的点儿都到位了,才算拼好了。格律诗词至少也要六个方面:格式、声韵、平仄、对仗、节奏、语法,六个方面都做到了,才勉强写成一个形似。为什么呢?因为还有一个最核心的东西叫意境,这一点就不是魔方所能比拟的了。现在由于生活节奏的变化、自然环境的变化、社会风气的变化、语言声调的变化,尤其是人们心态的变化,一句话,由于时代的变化,格律诗词要想赶上古人,已经几乎不可能了。事实上,自"五四"以来,格律诗词就开始快速退出历史舞台了。这里选出我写的几首格律诗词,虽然都是我的真情,虽然严格按照格律规范创作,但距成功仍然相差甚远,顶多形似耳。

七绝·井中金鱼

井氹金鱼红似火，
婆娑起舞罗裙舒。
可惜为啥偏三条，
两若相随一者孤。

作于1967年，舒城

梦江南·江城女

江城里,
一女赛貂蝉。
昨日邮来宜府照,
何时能去米都玩?
同坐镜湖船。

作于1968年,舒城

梦江南·昨夜梦

昨夜梦，
梦在草桥间。
阿密与咱迎面走，
桃花脉脉蝶儿颠。
醒罢茫茫然。

作于1968年，舒城

忆江南·野营拉练词（六首）

川东两县野营拉练途中所作，共十首，选其六。

（一）出发

哨声起，
穿戴快如神。
捆打被包扫地铺，
肩枪整队上征程。
鸡母催公鸣。

（二）征途

才涉水，
又跨老鸦峰。
猛虎千只越峻岭，

蛟龙几纵出霓云。
回望抖精神。

(三) 进村

老中少,
结队涌出村。
幺妹把咱屋里请,
大娘执意往家迎。
疑是访宗亲。

(四) 慰问

到驻地,
脚泡刚挑平。
清水担与五保户,
送医送药到雇贫。
心热脚难停。

(五) 打靶

瞄住靶,
缺口对准心。
子弹弧飞哨令紧,
枪声清脆旗语频。

击掌赞高分。

（六）宿营

夜风紧，
月下闻鼾声。
稻草相连铺挤铺，
体温互暖心贴心。
莫辨官与兵。

　　　　　　作于1974年初冬，重庆

七绝·惊梅

满怀忧苦出门去,
或有暗香扑面来。
乍破愁云回首觅,
梅花几点依墙开。

作于1975年2月,重庆

七绝·告别

湖南妹子复员,其同乡凤梧君送一精装大厚笔记本,邀我在扉页代为题诗,遂奉命而作。

绿裹红星志已酬,
回戈策马续春秋。
依依暂别菜园坝[①],
切切期逢橘子洲[②]。

作于1975年3月4日,重庆

---

①菜园坝:地名,重庆火车站。
②橘子洲:指长沙。

七绝·登大雁塔即兴

登高远望眺长安,
半依青云半凭栏。
若道唐僧雁塔美,
终当不忘取经难。

作于1975年8月31日,西安

七绝·骊山捉蒋亭①叙怀

抗日大事抛一边,
五骊山谋剿共篇。
孰料张杨兵谏起,
赤身就虏石隙间。

作于1975年8月31日,西安

---

①捉蒋亭:今叫兵谏亭。

七绝·华清池怀古

霓裳舞起十八段,
万里荔枝一日还。
忽报范阳安史乱,
贵妃池里翻龙船。

作于1975年8月31日,西安

七律·北国秋收

黄花馥郁柳翩翩,
蟋蟀赛歌燕呢喃。
玛瑙高粱珍珠豆,
北国秋野胜江南。
全村男女齐出动,
垄上田间共举镰。
但愿老天长赐我,
天南地北永丰年。

作于1976年9月,天津宝坻

七绝·无题

天仙能恋牛郎君,
凡女偏偏不爱农。
王母设河诚可恨,
搭桥堪赞喜鹊功。

作于1977年2月19日晚,西安

七绝·胭脂

今晚看浙江电影制品厂处女作《胭脂》,与香港凤凰、长城风格酷似,堪称旗开得胜。回来赋诗一首:

曾叹影坛无凤凰,
渴极始见有浙江。
帘开一闪胭脂色,
便令书生次第狂。

作于1981年3月7日,西安

七绝·再到南京上学

　　新一届校党委决定,未来几年逐渐淘汰大专文凭教员。迫不得已,只有选择抛妻别子再次上学,拿本科文凭。犬子郭威同年上小学。

　　　　　　好强一阵文凭风,
　　　　　　逼我抛家下金陵。
　　　　　　望月修书问长安,
　　　　　　吾儿上课可用心?

　　　　　　　　　　作于1986年9月,南京

卜算子·南京莫愁湖感怀

时36周岁,尚在南京攻读英语和高等数学,难度之大,如上青天。心情不爽,金秋来到莫愁湖,本为消遣,不料愁苦更甚,遂有此作。

问我几多愁?
恰似满湖水。
波浪如同"达不溜"[①],
柳影赛"克岁"[②]。

本是洛河莺,
偏栖秦淮苇。

---

① "达不溜":英语字母w。
② "克岁":高数中值定理中间值符号,英语读音Cauchy,译为"克岁"有消减生命意。字母类似手写体C下面一个S,连写呈蛇形。

愁苦忧伤诉向谁？
强笑掩追悔。

　　　　　作于1986年11月，南京

古风·草木有情

"人非草木,
孰能无情"?
怨哉枉也,
草木有情:
蓬勃向上,
感念父情;
叶落委地,
回报母情;
和善四邻,
是谓友情;
春华秋实,
岂无爱情?
草木比人,
更为有情。

作于2012年5月,西安

五律·母鸡

绒绒小亮雏,
转眼成鸡婆。
饥饿觅虫去,
卵成回己窝。
产时红绛脸,
蛋后咯嗒歌。
呼主快收捡,
上街换盐颗①。

作于2012年11月,西安

---

①儿时食盐呈绿豆大小的颗粒状。

五律·猪

母子满月离,
凄迷断乳期。
发情熬煎日,
最痛刲阉时。
万事空由此,
唯一睡与吃。
肥施穷主地,
肉送富家席。

作于2014年9月,西安

五律·公鸡

靓丽加雄健，
凤冠配霞帔。
率群觅野食，
管卫众娇妻。
仰颈观鹰鹞，
转头防狡狸。
司晨亮嗓远，
乡里添生机。

作于2016年2月，西安

古绝·耕牛

三岁被开教①,
荷犁耕到老。
帮人万担粮,
自取几堆草。

作于2016年2月,西安

---

①开教:被人牵领学习套轭拉犁,家乡人称之为"开教"。

长律·读居里夫人有感

1932年5月,华沙镭研究所建成,居里夫人回祖国参加开幕典礼,在名家簇拥下登上主席台中央就座,就在典礼即将开始时,夫人忽然在众里发现了她的坐在轮椅上的启蒙老师,她激动万分,走下主席台,亲手将她老人家推上主席台与自己并肩而坐,迎来全场热烈的掌声。

从来成就者,
名气致神迷。
行动呼拥众,
发言鼓掌急。
凌空天下小,
立地我唯一。
脑醒数居里,
心明似有镭。
山高念细壤,

水淼思涓滴。
台下见蒙师,
邀来坐与齐。

作于2016年6月8日,西安